貞鏡 講談絵巻本

写真と文で綴る講談師一龍斎貞鏡半生記

題字／加藤 浩

竹書房

ご挨拶

夢をまたひとつ 叶えていただきました
時は平成二十年一月一日
八代目 一龍斎貞山に入門をお許しいただき
此処に 一龍斎貞鏡という講談師が誕生した
これぞ誰ならん! わたしである
講談は歴史上の人物の物語を虚実を交え起承転結
に沿って申し上げる我が国に四百年以上伝わる伝統話芸
日本の三大話芸は 落語 浪曲 そして講談
落語は喋り 浪曲は唸り 講談は読むと表現する

入門するとすぐに厳しい修業が始まり春風秋雨
早四年の歳月が わたしが二ツ目に昇進と間もない頃
学校公演にお伺いし小学生 中学生 高校生の皆様に
講談を申し上げる機会が多くなった
と同時に より身近な 分かりやすい講談入門となる本を
講談に興味を持っていただくキッカケとなるような本を
出版したい!!と強く想うようになった
ここが十二年かけても全く軌道には乗らなかった

令和五年十月におかげさまで真打に昇進させていただき
お披露目と未就学児四人の子育ての慌ただしさから
出版の夢も一旦挫折したその時　チャンスの神様が
突如として降臨した
「貞鏡さんの半生記を出版しませんか？」
竹書房様からお声を掛けていただいたのだ
人生は往々にしてこうなのかもしれない
がむしゃらに動いている時は中々上手くいかず　半ば諦め
一歩二歩三歩引いた頃、ふいにチャンスが巡ってきたのだ
今まで生きてきた道は決して平坦ではなかった
思い出したくもない過去も多くそれに蓋をして生きてきたが
此の度　半生記を出版するにあたり　過去の自分に
目を背けず向き合っているうちに　いつかこれも
笑いに昇華してお客様にお届け出来る日が来る
かもしれないと思えるようになった
講談師はエンターテイナーである
お客様に笑いと夢、感動をお届けするのが本望だ

講談という伝統話芸　それは決して古臭いもの
堅苦しいものではなく　令和の今日でも
「分かる、分かる！ あるある!!」
という感情　人情を読む
そして講談は人をディスることをしない　人を褒め称えるのだ
だからこそ　わたしは講談が大好きだ
その大好きな講談を　誠におこがましくもお一人でも多くの
方にお届けする為に　わたしは生まれてきた
此の本がもしそのキッカケになれるのなら
こんなに嬉しいことはありません
さぁこれから講談師　一龍斎貞鏡の半生記の幕が開く！
どのような波乱万丈なる展開が待ち構えているのか!?
その運命や如何に!?
物語はここからが面白くなってまいりますのでこの続きは！
本編をお楽しみ下さいませ

七代
一龍斎貞鏡

編集部からのおことわり

◆本書に登場する実在の人物名・団体名については、一部を編集部の責任において修正しております。予めご了承ください。

◆本書の中で使用される言葉の中には、今日の人権擁護の見地に照らして不当・不適切と思われる語句や表現が用いられている箇所がございますが、差別を助長する意図を以て使用された表現ではないこと、また、古典芸能の演者である一龍斎貞鏡の世界観及び伝統芸能のオリジナル性を活写する上で、これらの言葉の使用は認めざるをえなかったことを鑑みて、一部を編集部の責任において改めるにとどめております。

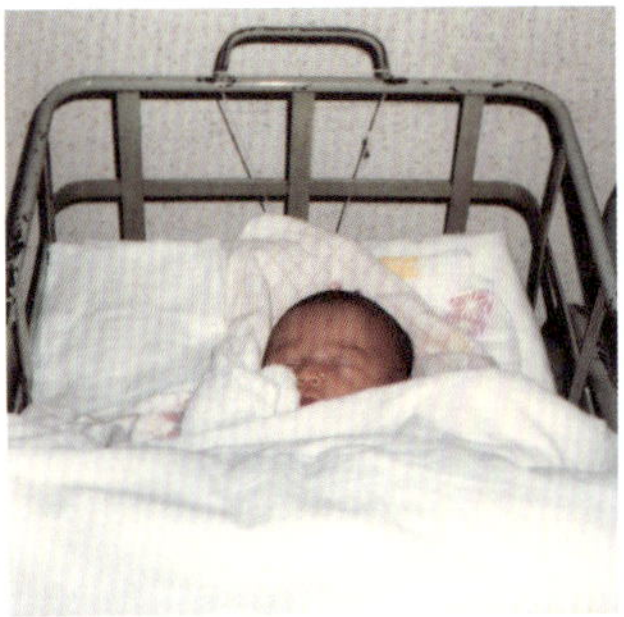

目次

ご挨拶　2

【一章】貞鏡グラビア絵巻　七代目一龍斎貞鏡フォトドキュメント　8

令和六年　五月四日　千駄ヶ谷・国立能楽堂　◉写真／橘蓮二

七代目一龍斎貞鏡真打披露宴　フォトドキュメント　◉写真／ヤナガワゴーッ！

【二章】わたしのある一日　39

【三章】貞鏡半生記　其ノ一　生まれてから入門前夜まで　50

【四章】貞鏡講談演目十八番　66

【五章】 貞鏡半生記　其ノ二　入門してから真打昇進まで 76
コラム　張扇の噺 103
【六章】 貞鏡　七変化 106
【七章】 貞鏡半生記　其ノ三　これからのわたし 110
【八章】 特典配信　QRコードで楽しむ貞鏡の高座二席 122
あとがき　御礼 126

【第一章】貞鏡グラビア絵巻　七代目一龍斎貞鏡フォトドキュメント

令和六年　五月四日　千駄ヶ谷・国立能楽堂

『貞鏡傳《ていきょうでん》〜一龍斎貞鏡ひとり会〜』

◎写真　橘蓮二

古典芸能を生業とする話芸家であるならば、憧れの檜舞台がある。その中の一つが、室町時代より600年以上の歴史がある能楽のために建設された国立能楽堂である。真打昇進後の一龍斎貞鏡の晴れ姿を写真で綴るドキュメントをご堪能いただきたい。

◉演目
『那須与一　扇の的』
『幡随院長兵衛　芝居の喧嘩』
『忠臣義士　二度目の清書』

一龍斎貞鏡真打披露宴 令和五年〜

七代目一龍斎貞鏡真打披露宴　フォトドキュメント

◉写真／ヤナガワゴーッ！

※P37まで全点

令和5年10月17日、東京會舘ローズの間にて400人を超える招待客の皆が、七代目一龍斎貞鏡の真打昇進を賑々しくお祝いした。

落語界からの招待客も多く、林家たい平師匠が花火の芸を披露した。当時落語協会会長の柳亭市馬師匠も御祝儀に『俵星玄蕃』を熱唱して、いつものように、いつまで経っても唄い終わらない様子にコケる人気落語家たちが、「もう、伝統芸の領域だ」と評されながらも宴に花を添えた。

貞鏡

講談協会
講談協会
講談協会
講談協会

貞鏡

やしょめ寄席第６回貞鏡真打昇進披露特別公演より

◉七代目一龍斎貞鏡真打昇進披露公演

・２０２３／11／14（火）泉岳寺講談会
演目『赤穂義士外伝の内　天野屋利兵衛』
・２０２３／11／16（木）お江戸日本橋亭
演目『柳生二蓋笠』
・２０２３／11／17（金）お江戸日本橋亭
演目『三方ヶ原軍記の内 士屋三つ石畳の由来』
・２０２３／11／22（水）お江戸上野広小路亭
演目『赤穂義士銘々伝の内　安兵衛駆け付け』
・２０２３／11／23（木）お江戸上野広小路亭
演目『赤穂義士銘々伝の内　安兵衛高田馬場』
・２０２３／12／２（土）薬研堀不動院
演目『名月若松城』
・２０２３／12／２（土）薬研堀不動院
演目『赤穂義士外伝の内　忠僕直助 出世の刀鍛冶』
・２０２３／12／27（水）日本橋公演　日本橋公会堂
演目『徂徠豆腐』
・２０２４／１／13（土）横浜にぎわい座
演目『赤穂義士銘々伝の内　安兵衛婿入り』
・２０２４／６／19（水）銀座 博品館劇場
七代目一龍斎貞鏡　真打昇進特別公演
～貞鏡の夢は夜ひらく～
演目『山内一豊』／
『赤穂義士外伝の内　忠僕直助 出世の刀鍛冶』

【第二章】わたしのある一日

令和6年10月30日　子育てと講談の一日ドキュメント

◉写真　橘　蓮二

一日のはじまりは、子供たちのお弁当作りから

毎朝6時半。わたしは息苦しくて目を覚ます。というのも、昨夜、4枚並べて敷いた布団（夫はいびきがうるさいので別室）に各々子供たちが寝たはずが、目を覚ますと1枚のわたしの布団に4人の子供たちが集結し、わたしの右腕の中、左腕の中、足もと、そして胸の上に覆いかぶさって寝ており、身動きがとれず、その息苦しさで目を覚ます。

目覚めたわたしは、まず上の子3人分のお弁当、……6歳と4歳と3歳の子が幼稚園児なので4人分のお弁当作りで大忙しになり、寝床から這い出た瞬間に4児の母親のスイッチが入る。なにせ子供たちが起きるまでの僅かな時間にお弁当と朝ご飯の準備しなければならないし、起きたら起きたで食べさせて、出かける仕度をさせないといけないのだ。

わたしは家族との限られた時間を大切にしたいので、極力テレビをつけないようにしている。朝は子供たちが起きてくる7時過ぎから出かけるまで1時間程しかないので、まず会話をしたいのだ。

「今日は幼稚園で、何やるのかな？　今日は水泳教室の日だね。前回はどこまで出来るようになったの？　今日のお弁当の中身は、何だろうね？」

という塩梅に。

起こさないとみんな起きて来ない。近頃は朝冷え込むので、驚くほどグズるし、機嫌も悪い。だけど、寒い、暑いなどの自然に耐えられる力を身につけてもらいたいので、ガンガンにクーラーで冷やしたり、暖房でガンガンに暖めたりはしないようにしている。自然に生きて欲しいと思うが、親の心子知らずで、6歳の長男に「起きて」と声をかけると、

わたしの今の人生で大事なものは高座と子供、どちらにも変わらない愛情がある。

「うるさいなぁ!」

えっ!? 昨夜ねんねする時は、

「ボクねぇ、ママと結婚するの」

「えっ♡、結婚するの? 何でママがいいの?」

「ママはねぇ、……ボクのことを産んでくれたからぁ」

って、蜜月を過ごしていたのに朝になったら、

「うるせぇなぁー! 起きたくねぇんだよ!」

「こらぁ! 口が悪い! 起きてご飯を食べるよ!」

こんな蜜月とはほど遠いやり取りのあと、

「ほら、仕度して!(朝食を)食べなきゃ遅れるよ! こら! 半ケツ出してどこ行くの!? お尻をしまいなさい!」

と、長男を叱っているあいだに、今度はイヤイヤ期の3歳の次女が、靴下を選べなくなっている。

「これ、イヤだ……、イヤだ、イヤだ」

困ったもんで、「これでいいから、履こうよ」とわたしが履かせる訳にはいかないのだ。2歳ぐらいから自我が芽生えるので、下着から全部自分で選んで着る。わたしが選んで出しても、

「ヤァーダ。これもヤダ」

と、言うので、

「じゃぁどれがいいか自分で選ぼう」

と、げたをあずけ、あとで「寒かった」って言って帰ってきたら、

「寒かったか、じゃあ明日からどうしようか?」

「これにする」

「そうか、じゃあ明日はこっちの暖かいほうを着ていこうか」

「うん」

とまずは自分で考えてやってみて、一緒に考えて、自分で納得して決めてもらっています。「自分で納得して決めること」という言葉は、今の貞鏡《じぶん》にも言い聞かせる言葉なのです。

育児も講談も全部自分で納得して決めたこと。全力でやる。

「今の生活に子供が増えたら、仕事はどうしたらいいのか……、出来るのか?」と不安に思ったことも正直あります。

実は出産後、SNSで先輩方や同輩後輩が活躍する投稿を見ては、子供たちと折り紙で手裏剣を作っている自分に焦ってしまい、涙が止まらなくなる時期もあった。不安で、不安で、眠られない日もあった。しかし、人生はすべて御縁です。人事を尽くして天命を待つ。

礼を尽くしてご説明し、それでも、去っていかれる方は追わずに、お気持ちを寄せてくださる方やご来場くださる方には、今日出来る自分の精一杯の高座を務めさせていただいています。

命も同じです。わたしのところに来てくれた命を精一杯守る。わたしにご依頼くださった公演を精一杯務めさせていただく。わたしの今の人生で大事なものは高座と子供、どちらにも変わらない深い愛情がある。そして、両方とも命懸けで大切にすることは、自分で納得して決めたこと。だから、悩んで先々の心配をしている時間は一秒たりともありません。

ようやく次女の靴下が選びが終わって、子供たちの着替えが

終わり、お姉ちゃんたちの髪を結んで、幼稚園と保育園に送り届けたあとは、これまた御縁があって家族に迎えた保護猫ちゃんのご飯とトイレ掃除をし、朝ご飯の片づけ、掃除、洗濯を夫と分担し、気付いた人から気付いた家事を済ませてから、それぞれの仕事に取り掛かります。ここで、ようやくわたしの講談師としての一日がはじまります。

　今日は昼夜で別の講談の高座をいただいているので、夜ご飯のおかずの仕度をして、自分は立ったまま簡単に食べられるバナナを口に詰め込み、着物の支度をしてお化粧をして、釈台［＊01］を背負って家を出発する。13時から護国寺で会があったので、12時には伺えるように電車で移動する。

　13時開演の講演と講談。講演の内容は、畏れ多くも「仕事と育児の両立」。講演後はそのままの流れで、講演のテーマに関連づけた講談を一席申し上げて、残りの15分は質疑応答という計2時間の会でした。そのあと、橘《たちばな》蓮二《れんじ》さん［＊02］に護国寺までご足労いただき、本書の密着取材がはじまった。

　移動中の私服姿を撮影したいということだった。近くに良い感じの公園があるのを蓮二さんが予め調べて来てくださり、「じゃぁ、ここで撮りましょう」ということになり公園に向けて移動。道中、蓮二さんが、

「どんな感じで撮ったらいいでしょうか？」

　と、おっしゃるので、

「わたしも私服で撮っていただくのは初めてで……、どうなんでしょう？　決め顔というよりは自然な形で撮っていただけたら、……その辺、適当にお任せします」

「適当って、……テキトーだなぁ（笑）」

　と、こんな日常の会話をしながら歩いていると、急に話の途中で蓮二さんが、

「あっ、あの坂、良くないですか？　どう思います？」

「わっ！　素敵！　苔と蔦の雰囲気がとっても良いですね。わたしのために生えている感じ！　お願いいたします」

　てんで俄かに場所を変え、通行人が来る度に、

「すみませーん。一回中断します」

　って大きなレフ板を助手の方が畳んだり、

「あっ、人が居なくなった。さぁ、広げて……、あ、また来ちゃった。もう一回畳んで」

　っていうのを繰り返しながら撮影していただきました。蓮二さんのアンテナ、嗅覚、あな恐るべし。

①朝はお弁当作りではじまります。

②ケチャップでお絵描きすると、
みんなよろこぶ！

③母ちゃんが着付けてあげる。

※各カット写真提供／七代目一龍斎貞鏡

深川江戸資料館のゲスト出演

普段は17時には子供たちのお迎えに行きたいので、現在は昼間の高座を中心に務めさせていただいているのですが、この日は珍しく夜の会をスケジュールに入れました。深川江戸資料館の小劇場。朝日新聞社様の主催で鈴々舎《れいれいしゃ》美馬《みーま》ちゃん〔*03〕の独演会『美馬噺の会』のゲストに呼んでいただきました。殊に後輩の会のゲストにお声を掛けていただけるのはとても嬉しくて。この日は、美馬ちゃんが一席申し上げて、次にわたしが講談を、仲入り休憩、そしてもう二席を美馬ちゃんが申し上げた。

楽屋では、美馬ちゃんが『令和6年度NHK新人落語大賞』〔*04〕に異例の早さで出演された話題で持ちきりで、美馬ちゃんが、

「いろいろな方から、いろんなご意見をいただきました」

と、ちょっと落ち込んでいたのもあって。楽屋でわたしが先輩面して説教くさいおせっかいな野暮なことは一切言いたくないし、人の心は計り知れないものなので、余計なことを言わず……、わたしの出番の高座で、自分の前座・二ツ目時代の失敗談を申し上げたり、「一生が修業で長い道のり」と、そんな話をまくらでふってから、は、『西行鼓ヶ滝』〔*05〕に入りました。

終演後までわたしも居て、挨拶を済ますと一目散に自宅に帰りました。時刻的に子供たちは寝ちゃっているけど、末っ子の夜泣きに備えるのと、寝不足は諸悪の根源、明日の朝の子供たちとの時間のために、一秒でも長く睡眠をとりたいと思って。子育ては修業と同じく長期戦。どんなに疲れていても、どんなに自分の具合が悪くても、毎日容赦なく休み無しなのでね。

本当は、打ち上げでお酒を飲むのが大好き。

わたしは学生時代からお酒を飲むのが大好きで、会の終演後、先輩や後輩と打ち上げに行くのも楽しみの一つでした。兄《あに》さんや姉《ねえ》さん方がおっしゃる言葉からヒントが得られたりしますし、そういった場所にお客様や専門家の方、……演芸評論家の方も来てくださることもあるので、それがとても勉強になるんですよね。

高座に出て、お客様の反応を見て、

「ああ、今日は演《や》り損なったなぁ」

とか、

「今日はちょっとどうだったかな？　喜んでいただけたかなぁ？」

なんて、いろいろ悶々と考えるんですよ、毎回。そのときに、

「あのときは、こうしたほうが良いんじゃない？　この先生、この師匠はこうされているよね」

などと、打ち上げのときにポロッとどなたかがご助言をおっしゃってくださることがある。もちろん、それを鵜呑みにする訳ではないが、自分の中にはないご意見を取捨選択し、納得したら自分中に取り入れることが出来る。これがとても勉強になるのです。

……でも、それ以上に本当は好きな酒を飲んで、ドンチャン騒ぎがしたいというのが本音です。アッハッハッ。

今も打ち上げに行きたいって気持ちがないことはないのですが、それ以上に子供たちと一緒に居たいという気持ちが勝ったので。……本当に自分でも信じられない。あんなにお酒が大好きで酒浸りの日々が。仲良くしていただいている講談の先輩の田辺銀冶《たなべぎんや》姉さん［＊06］と飲みに行っては楽し過ぎて段々声が大きくなり過ぎてしまって、お店から追い出され、「こんな店、潰れちまえ！」と叫んだり、別の先輩に飲みに連れて行っていただき、段々と芸論に華が咲いてくると熱くなり、先輩の胸ぐらを掴んで取っ組み合いの喧嘩をしたり。……本当にロクでもない飲み方をしていました。

今は一日の中で仕事に稼働出来る時間が幼稚園・保育園に送って家事をひと通り済ませた9時半ぐらいから、お迎えが17時なので、本当に限られた時間の中で、読みものの時代背景を調べたり、台本のテープ起こし、台本作成、人物描写を考え、読みものに血を通わせる。稽古、そして高座、取材、お打ち合わせやメールの返信、お礼状書き、チラシなどの発送作業、ホームページ・SNSの更新、子供たちの洋服の毛玉取り、繕いも

のなど、するべきことが山積みで、全く余裕がない。先ずは、いただいた高座を精一杯務めさせていただく。それが終わったらあとは子供に全力を費やしたいので、スマホも家に帰ったら一切見ないようにしています。

携帯を見てしまうと、わたしの性格上、すぐに仕事のメールの返事がしたい。すぐにしないと気持ちが悪い。しかしメールを打ってる最中に子供たちに話し掛けられると、うわの空の答えになってしまう。末っ子がドングリを口に入れようとしていても、気付くことが出来ない。命より大事な仕事はありません。

日中は幼稚園や保育園で過ごしてきた時間、幼い内から小さな社会に出て頑張ってくれている子供たち。せめて家に居る時間は全力で子供たちと向き合いたい。だから、子供たちの帰宅後から寝かしつけたあとまでは携帯を見ません。

子供たちとの時間

また、ご飯も、……朝ご飯はバタバタしてしまうし、土日以外は昼ご飯を幼稚園や保育園で別々に食べるので、夜ご飯しか家族そろってちゃんとゆっくり食べられる時間がない。少なくても夜ご飯だけでも温かいものを家族皆でそろって食べたいなと、これが今の一番大きな気持ちですね。

子供たちと遊んでいるときは、まだ皆が未就学児のため、命を守ることが最優先。遊んでいるときは何も考えないようにしました。料理を作っているときは、台所から見えるわたしの目の届く所で輪になって遊んでもらい、夫にも洗濯物を畳んでもらいながら、同時に子供たちのことも見守ってもらう。わたしはわたしで、「あともう一品、何を作ろうかな？　野菜スープにするか……」なんて、このぐらいしか考えないからまだ頭の中

に余白があるので、「人参じゃが芋切って、たまねぎ、ほうれん草、大石内蔵助良雄《おおいしくらのすけよしたか》〔*07〕、原惣右衛門元辰《はらそうえもんもととき》〔*08〕……、あ、お醤油が無くなった。明日買いに行かなきゃ……」と、講談が妙に顔を出す。子供たちには言えませんが……、バナナを食べながら仕事のメールの返信をしたり、電話をしながら書きものしたり、毛玉を取りながら講談の音源を流して耳で覚えたり……、何かと何かを同時進行しないと情けないことに時間が足りないのです。

いつもの生活ですと、仕事を終えて、17時に子供たちをお迎えに行き、それから夕ご飯を作って食べさせて、お風呂入れて、歯磨きさせて、絵本を読んで寝かしつけるとどうしても九時半頃になってしまう。

17時から21時半って、たった4時間ちょっとしか一緒に居られない。子供たちは月曜日から金曜日までは、毎日9時間も社会に出ているのです。

真打のお披露目興行中は、ただひたすら、興行に穴をあけないようがむしゃらに突き進みましたが、2024年6月、銀座博品館での披露興行がお開きになったときに、「果たしてこれでいいのかな?」と凄く悩みました。

実はお披露目中は、6歳の長男が本当に逞しく、妹たちのお世話を手伝ってくれたり、率先して一緒に遊んでくれ、頑張ってくれてました。お披露目も折り返し地点に差し掛かったある日、妹たちが先に寝て、長男と二人きりになったとき、

「いつもありがとう。お兄ちゃん、頑張ってくれてて、いつも感謝しているよ。ありがとう。もう皆、ねんねしたから甘えていいよ」

と、言ったら、急に長男が泣きだして、

「淋しかったよぉ」

と、抱きついてきたのです。胸が張り裂ける思いでした。講談の『天野屋利兵衛』という読みものの台詞にもありますが、「こんな頑是ない（幼い）子にまで苦労を掛けてしまっていたか」と……。

また、土日は高座で母ちゃんが居ないことが多い。月曜日から金曜日までフルで保育園幼稚園に行っている。しかし、お仕事をくださることは何よりもありがたいことなので、全力でそのお気持ちに応えたい。全力で子供たちと過ごしたいし、全力で目の前に居るお客様に楽しんでいただきたい。その塩梅を未だに探し続けている毎日です。

いろいろと考え、本当に熟考し、最近実践しているのが、仕事を入れない日を月の中で幾日か決めて、この日は長男を休ませて、二人だけで長男が好きな北鎌倉に行く日を作る。この週のこの日は長女の幼稚園を休ませて、長女はフェアリーなカワイイものが好きなので、おもちゃ屋さんに一緒に行ったり、カワイイカフェに行く日を作る。この週は次女を休ませて、次女は身体を動かすことや、アニメが好きなので、『藤子・F・不二雄ミュージアム』[*09]に行ってみたり。各々と、二人だけの時間を作るようにしています。三女は1歳半だから、児童館へ行ったり、家で牛乳プリンを作って二人で食べたり。それに加えて、別の日に家族皆の時間の日を作って、ドライブしたり、お墓参りに行ったり（笑）、家族が一緒に過ごす日を作るようにしています。そうしないと土日休みではないわたしたち夫婦は休みが無いし、子供たちとのかけがえの無い尊い時間がどんどん過ぎてしまうような気がして……。大好きな講談と大好きな子供たち。試行錯誤の毎日です。

＜注釈＞

釈台［*01］……講談の歴史における始めは〝講釈〟と呼び、書物を読んで聞かせることが基本であった。机に書物を置き、〝読んだ〟のである。その形を現在も踏襲し〝講釈をするための台（机）〟、つまり釈台となった。

橘蓮二さん［*02］……演芸写真家。カメラマン。演芸プロデューサー。1996年、上野鈴本演芸場に通い、普段見ることのできない芸人の姿をとらえた写真集「おあとがよろしいようで」を発表した。以来落語や演芸に関する写真を撮り続け、「立川談志」「柳家小三治」を始めその発表した写真集も数多い。

鈴々舎美馬［*03］……2018年十代目鈴々舎馬風に入門し、美馬。2023年同名のまま二つ目。

『令和6年度NHK新人落語大賞』［*04］……NHKにて年に一回開催され、入門から15年未満の二つ目程度のプロ落語家が応募できる落語の新人賞のこと。2024年は10月26日に行われ鈴々舎美馬も本選出場の6名の中に入っていた。

『西行 鼓ヶ滝』［*05］……西行が武士の身分をすて歌人として己を戒めるきっかけとなった逸話の一つ。摂津の国鼓ヶ滝を訪ねその壮観さを歌に詠んだ。するとその歌をみすぼらしい山小屋に住む老人と子供に直されてしまうというもの。

田辺銀冶姉さん［*06］……1999年田辺一鶴に入門し小むぎ。2006年銀冶に改名。2021年同名のまま真打昇進。古典に限らず斬新な切り口の新作講談も手掛けている。

大石内蔵助良雄［*07］……播磨赤穂藩の筆頭家老。1659年生まれ。討ち入りは1702年12月なので43歳頃である。1703年切腹にて逝去。

原惣衛門元辰［*08］……赤穂藩の江戸詰めの武士。1648年生まれ。浅野内匠頭の殿中刃傷における即日切腹の事実を赤穂に知らせるため早駆け急行した。通常で15日ほどかかる道のりを4日間で着いたとされている。当初は恭順の意見だったが最終的には四十七士に加わる。

藤子・F・不二雄ミュージアム［*09］……川崎市多摩区にある藤子・F・不二雄作「ドラえもん」などの原画5万点などが展示されている。2011年に開館した。

【第三章】貞鏡半生記 其ノ一

生まれてから入門前夜まで

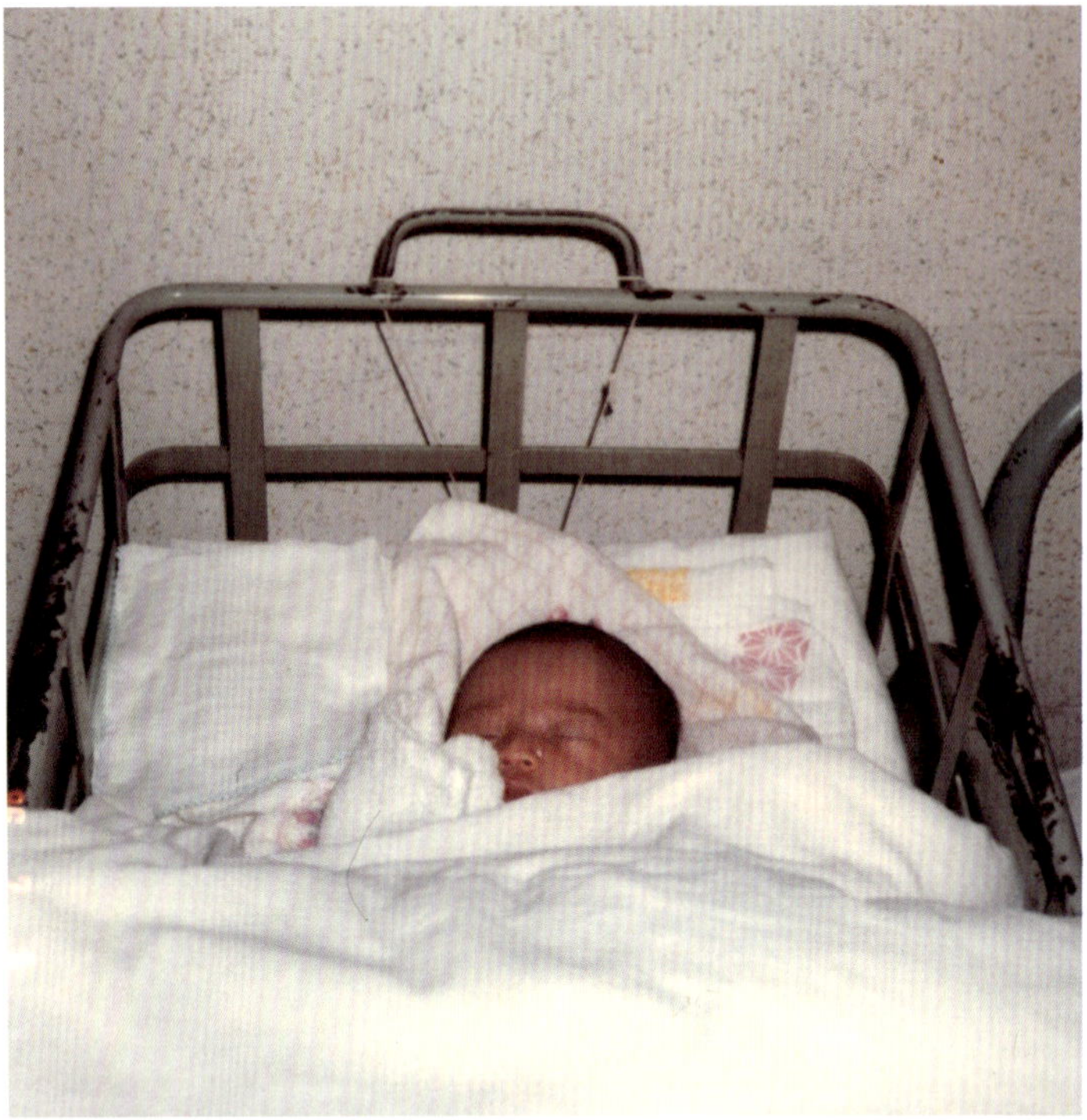

わたしの真打披露宴で、貞鏡の半生記を浪曲にしてご披露いただいた玉川太福先生の御背中を追わせていただき、講談調で申し上げれば！

パンッ（張扇）！　ときは昭和61年、西暦で申しますと1986年。武蔵の国は、渋谷区・笹塚に産声あげし女の子。靖世と名付けられたその赤子が、まさか22歳のときに、祖父・七代目一龍斎貞山［*01］の前名である貞鏡［*02］と名付けられ、講談師の道を歩むとは、父・八代目一龍斎貞山［*03］も全く知る由もございませんでした。

という短いセンテンスの中で、わたしが世襲制ではない講談界に於いて、初の三代続いての講談師でありますことをご説明申し上げました。血縁関係だけではなく、芸の系譜が複雑に絡んでいるので、まずは家系図と講談師としての系譜をご説明したいと思います。

祖父は「お化けの貞山」こと七代目貞山、義祖父は世話講談の第一人者、六代目神田伯龍

次のページの図をご覧ください。右上の写真が、祖父の七代目貞山です。今でも「お化けの貞山」の異名をとるほど、道具仕掛け［*04］の怪談を得意としていたそうですが、一方で『赤穂義士伝』［*05］や『荒木又右衛門』［*06］といった古典もよく読んでいたと伝わります。明治40年生まれの祖父が40歳のときに、のちの八代目貞山であるわたしの父の貞夫《さだお》が誕生。少年時代の父がお化けの面を被って幽太［*07］の恰好をしている写真

七代目一龍斎貞山（1907年6月2日～1966年12月7日）

◀元夫　▶元妻

千代（1926年5月29日～1988年12月21日）

◀再婚

提供 宮岡博英

六代目神田伯龍（1926年6月23日～2006年11月17日）

実子

▲養父　師匠

養子　弟子

八代目一龍斎貞山（1947年9月3日～2021年5月26日）

◀弟子・娘　▶父・師匠

七代目一龍斎貞鏡（1986年1月30日～）

が残っているので、子供ながらに、七代目の怪談に興味があったのでしょう。

人気講談師を親に持った父の幸せも束の間で、父が11歳のときに、七代目貞山は父の母である妻・千代と離縁してしまう。様々な事情があり父は、祖父の七代目のところに残されることに。七代目貞山は、そのあとに連れ子がいる女性と再婚し、父は継母に苦労させられたと聞いています。

人の運命とは不思議なもので、七代目と離縁した父の実母の千代さん……、わたしからすればお千代おばあちゃんは、なんと！ 講談師の六代目神田伯龍先生［*08］に求婚され、再婚いたします。そして、父が19歳のときに実父の七代目一龍斎貞山が脳出血で死去してしまう。その半年ほど前に、父の実母であるお千代おばあちゃんを妻にしている六代目神田伯龍先生が父を養子にしたのです。つまりわたしからすれば、もう一人、義理の祖父が誕生したことになる。大学を卒業した父は、23歳で養父に入門し、四代目神田伯梅［*09］となる。

血筋は一龍斎ですが、芸の系譜は神田派の父は、30歳で真打に昇進し、八代目一龍斎貞山を名乗る。伝統芸の世界なので、神田派の師匠を持って、亭号も神田の父が真打昇進を機に一龍斎を名乗ることは、計り知れない様々な事情や思いが交錯したためと推察する。また、講談界の考え方として、貞山の名前を実の倅が継ぐことに異論はなかったのでしょう。これが後々、ちょっと心配の種となるのですが、それはわたしの真打昇進のときの話になります。

さあ、祖父の世代の話を駆け足で終わったところで、父・八代目貞山について……。わたしは、父が39歳のときに生まれたのです。父は、その9年前の真打昇進と共に一龍斎貞山を襲名し、若手の講談師としてかなり高座を評価していただき、わたしが生まれた3年後の42歳で、文化庁芸術祭賞も受賞している。

祖父・七代目貞山の本名の姓は佐藤だったのだが、前に説明した通り父は神田伯龍先生の養子となったので、伯龍先生の本名の小村井という名字になった。なので、父の第2子の長女のわたしは、小村井靖世という名前で人生をスタートすることになった。

わたしは、日本がバブル景気に浮かれ始めた頃に生まれた。

わたしは、1986年1月30日に生まれた。干支でいうと、乙丑《きのとうし》、九星気学によると、六白金星のようで。

その年が古代中国で金運最強といわれるためか、この年は日本のバブル景気がはじまった年とされている。世間は、『おニャン子クラブ』が大ブームとなり、ミュージカル『キャッツ』が日本で公演されて話題を呼び、コミック『ホワッツマイケル』もベストセラーとなり、空前の猫ブームだったそうだ。

いまの生活からは考えられないほど、わたしは身体が弱い子供だったそうだ。公園に遊びに行くと、翌日には熱を出してしまう。その熱が下がったと思って、また外に遊びに行くとまた熱が出てしまって、その繰り返しのような毎日でした。だから、家の中で4歳年上の兄とずっと遊んでいましたね。兄が親友みたいなものでした。

男の子の遊びしかしていなかった幼少期

外に行かないので遊び仲間は4歳上の兄だけでしたので、当然兄が興味をもっているもので遊びました。『ガンダム』や、『ビックリマンシール』。テレビは、『キョンシーズ』の『幽幻道士』や、『霊幻道士』、『妖怪大戦争』、『大魔神』、『妖怪百物語』と、お化けづくしで、絵本も水木しげる先生や楳図かずお先生の絵を見るのが大好き。なので、女の子らしい『シルバニアファミリー』、『リカちゃん』のお人形やおままごと、アニメの『セーラームーン』などに全く興味をもちませんでした。

講談の世界では「冬は義士、夏はお化けで飯を食い」[*10]と申しますが、まさに「三つ子の魂百まで」。まさか、この頃のわたしは、怪談を読む講談師となることを考えてもいませんでしたが、ある意味、怪談の資質が培われていたのかも知れません。

また、剣道をしていた兄の真似事をしてみたり。そのおかげで、今、武芸ものを読む際の所作の基礎が出来ていたのかなぁ？……そんな訳ないか。

人見知りでお墓参りが大好きな女の子

わたしは人見知りで、人前に出ることが非常に苦手な子供でした。引っ込み思案で人見知り、……家《うち》に親戚が訪ねて来ても、「こんにちは」って挨拶もしないでキーッて睨みつけて、父の後ろに隠れてモジモジしている子供でした。

義祖父の伯龍先生と、伯龍先生の妻にして、実の祖母のお千代おばあちゃんがよく遊びに来てくれていたようですが、わたしが2歳のときにお千代おばあちゃんを亡くしているのでほと

八代目貞山と六代目神田伯龍

七代目貞山と幼い八代目貞山

んど憶えていません。

ただ、八代目貞山の父を亡くしたあとで、父の幼馴染みの方が集まって話をしているときに、

「いやぁ、貞鏡さん、あなた、お千代さんにそっくりだよ」

って、おっしゃっていただきました。顔立ちとかではなくて、性分や、わたしは文章を読んだり書いたりするのが好きなのですが、そういうところ、人に対して涙もろかったりね、子供のことが大好きだったり。そんなところも本当に似ているとおっしゃってくれました。

ほとんど記憶にないお千代おばあちゃんですが、今から思えば伯龍先生が妻のお千代おばあちゃんのために用意した鎌倉のお墓へ、お参りに行くことが、わたしは何よりも大好きだったんです。

と申しますのも講談の高座で忙しかった父は、ほとんど家に居なかった。その父が、

「今日、出かけるか?」

と、言って、出かける先は毎回決まってお墓参り。(笑)

わたしがお墓参りが大好きになった理由は、実に簡単です。家族皆で出かけて、帰りに海へ行ったり、皆が揃ってご飯を食べたりする数少ない機会だったからなんです。

鎌倉まで長い移動時間は電車を乗り継いで行ったのですが、遠足以外に長旅が出来る楽しさや、普段、父が家に居ない日は、冷たいご飯を兄と食べるいう……、食事というと暗い淋しい思い出しかありませんでしたが、お墓参りの日はご飯も家族で温かいものを一緒に食べれる嬉しさで、本当に楽しかった思い出です。

幼稚園では、皆でワーッと遊ぶというよりも、特定の子とパズルやお絵描きをする、気弱なおとなしめの幼少期で、気が強い子が居ると、カーテンの後ろに隠れてしくしく泣いているような泣き虫でした。

父の後ろに隠れる人見知りの娘

初恋の人は、宝井琴調先生?!

幼い頃の思い出と言えば、笹塚のマンションに四人掛けのテーブルセットがあって、そこに麻雀マットを敷いて、父と講談の先生方がいらっしゃって麻雀をしている光景をよく憶えています。あの頃の講談師は麻雀が大好きだったようで、落語家さんもよく麻雀をされていたみたいですが……。麻雀がある日はわたしたちに出されるお菓子もにわかに豪華になったので、麻雀がある日が楽しみになりました。

その麻雀で、わたしの初恋の人が宝井琴調［*11］先生になりま

した。琴調先生はよく我が家にいらしてくださり、わたしはまだ2歳か、3歳の頃だったので、集まってくださった先生方にも挨拶出来ず、もじもじ。抱っこしてくれている父の胸に顔を埋めて隠れているつもりだったりして。そんなときに琴調先生が、

「ほら、お嬢ちゃん、これあげる」

と、七色のキレイな飴玉をくださった。

「……ありがと」

それで一目で恋に落ちてしまいました。それから、麻雀の気配がすると、

「今日は、飴玉のオジちゃん、来る?」

って、琴調先生が来てくださるのが楽しみで仕方がなかった。琴調先生以外にも、神田翠月先生［*12］や、宝井琴柳先生［*13］、そして本牧亭［*14］の御内儀《おかみ》さんにもよく麻雀にいらしていただきました。

父が家族の前で講談を聴かせることは全くありませんでしたが、幼心に強烈に記憶に残っている逸話がありまして……。

お墓参りの帰りの海

お墓参りの帰りの遊園地

父が風呂場で口ずさんだ講談の原体験

父の夜席がないときは父が兄とわたしをお風呂に入れてくれましたが、よく父は手桶をマイクに見立てて、「さてもその夜は極月《ごくげつ》十四日、夜討ちの勝負は兼ねての計略……」と気持ち良さそうに読んでいました。

これは、『二度目の清書《きよがき》』という講談の演目の『寺坂の口上』の冒頭部分なのですが、わたしもは訳も分からず、

「しゃても　しょのよは　ごくげちゅ……」

って、口真似をして、兄とケラケラ笑っていました。「極月［*15］、夜討ちの勝負は兼ねての計略……」って言っても意味は分かりっこないけど、ちっちゃいから音ですぐ憶えちゃって。

講談の世界に入門してから、「こんなに重厚な根多《ねた》だったんだ……。『60歳を過ぎてからじゃないと読めない』と言われている根多だったんだ」ということを初めて知りました。

父は、わたしに教えるというよりも、自分でお風呂で復習《さら》いながら、口を慣らしていたんだと思いますが、それから三十数年後の2024年5月。国立能楽堂で催していただいた『貞鏡ひとり会』で、畏れ多くも、思い入れの深い『二度目の清書』を読ませていただくことに。一席申し上げたあとに鳴り止まない万雷の拍手をいただき、なんだか父と共に能楽堂の高座を務められたように思えて万感胸に迫り、思わず涙がとまらなくなってしまいました。

兄と同じ近所の小学校に入学し、小学3年生ぐらいになると、本を読むことが大好きになりまし

た。内容はやはりお化け、怪談、あとは探偵、推理もの、はじめての読書感想文は、『うしろの正面だあれ』[→16]。この頃に観たアニメ映画『火垂るの墓』も強烈な印象が残りました。

わたしの父が、志村さんのことが大好きだったこともあり、わたしも、『バカ殿様』や『ドリフターズ』、『志村けんのだいじょうぶだぁ』のテレビも大好きになりました。

ピアノの発表会が嫌で嫌でしょうがない小学生

5歳のときに近所のピアノの先生に習いにいくことになって、先生もとても優しい方で、お稽古終わりのお菓子も美味しく、週に一度のお稽古が大好きだったんですが、年に一度の発表会は嫌で嫌で仕方がありませんでした。今はお客様の前で講談を申し上げている身としては考えられませんが、人前に出ることがとにかく苦手で嫌で仕方がなかった。ピアノは高校受験のときまで続けましたが、人見知りも続いていたので、友達の輪の中に入ったり団体行動をしたりするのが不得手でした。

小学5年生のときの転校生のOちゃんと、大親友に。Oちゃんは、後程書くわたしの人生の転機に立ち会うことになります。

中学1年生のときに近くの公園で段ボールに入って震えている茶白の猫ちゃんと運命的な出会いを果たします。すぐに家族に迎えて「ちゃーちる」と命名。中学の頃は友人作りも未だ苦手で、やっと出来た友達にはぶかれたり、目の前で悪口を言われることも。学校に行きたくない日が続き、幾度、ちゃーちるのモフモフの背中で涙を拭ったことでしょう。その都度ちゃーちるは目を細めてジッとしてくれ、わたしが泣き終えたのを見届けると、猛烈な速さで自分の背中の毛づくろいをするのでし

剣道着の兄と正座で

祖母、義祖父、父、兄と

父、義祖父、祖母、兄と

兄とお風呂に入る

た。

　部活は軟式テニス部に入り、渋谷区の大会では1位、2位に入る腕前！　……渋谷区はテニス部が少なく4、5校しかなかったからね（笑）。都大会では1回戦、2回戦負けの常連校。アッハッハ。中学2年生でミニスカート、ルーズソックスの世代です。ファッションリーダーは、小学生で安室奈美恵さん、中学高校では浜崎あゆみさん、大学生では倖田來未さん。中学の卒業の時期に仲よくなった友達とのカラオケで歌った宇多田ヒカルさんの『First Love』に送られて高校へ。

　高校の部活は、コーラス部で、ピアノ伴奏をしていました。ようやく性格も明るくなり、この頃自然と人見知りが薄れていったように思います。高校が新宿に近かったので、あの頃のギャルらしく、放課後は歌舞伎町でプリクラとマックの日々でした。お化粧にも夢中でしたね。

　人生初デートは、『千と千尋の神隠し』を観に行きましたが、個人的に最も感銘した映画は、中井貴一さんデビュー作の『連合艦隊』[*17]でした。高校3年の卒業旅行は大型船で3日かけて沖縄へ行ったのですが、その道中、戦艦大和が沈んだ鹿児島県沖に献花をいたしました。

小学校　夏の思い出

小学校　ひな祭り

父と一緒に入ったお風呂

大学通学を理由に「ひとり暮らしをしたい」と言ったら、家族全員で大学の近くに引っ越すことに（笑）！

武蔵大学に合格して、江古田キャンパスに通学しました。シーズンスポーツ系のチャラいサークルに所属して、ともかく遊びまくり、酒を飲みまくり。この頃の環境で、更に人見知りが軽くなった気がします。

北野武さんの映画にハマったのが大学時代でした。『HANA-BI』、『座頭市』、『ソナチネ』、『菊次郎の夏』など、堪らなく好きでした。主題曲のピアノの旋律が美しい加藤剛[*18]さん主演の『砂の器』も、『ニュー・シネマ・パラダイス』[*19]、ヘンリー・マンシーニの曲が素敵な『ひまわり』[*20]も、初めてビデオやDVDで観て感銘を受けていました。

大学2年の夏までのわたしは、寄席や伝統芸能の会に、足を踏み入れたことが無く、講談も落語も一切聴かず、見ざるでした。唯一、小学5年生くらいのときの放課後、たまたま放送室にあったテレビをつけたら、父が『日本の話芸』[*21]に出演している最中だったんです。あの頃は15時からの放送で放課後でした。

「……？　父ちゃんだぁ」

って、言ったら、皆が、

「えっ？　小村井のお父ちゃん、何でテレビに出てるの？」

「え～、分かんない？　何だろうね？」

って、答えるぐらい、ともかく講談を全く聴かずに父の生業に興味を持つことなく成人したわたしでした。

小学校　雪だるまを作ったよ

高校のクラスメートと　夏服

中学時代のクラスメイトと

中学の部活はテニス部

高校のクラスメートと　冬服

猫のちゃーちるが大好き！

友人と一緒に父の講談を聴いて、講談師になることを決意する

わたしにとって運命の日となった2006年の初夏（7月5日）、大学2年生になったわたしはいつものように親友の〇ちゃんと、「飲みに行こう」って話になり、

「こむち［*22］、今日はどこへ行く？」

「……う〜ん、このあいだ中野の焼鳥屋さんに行ったしね、新宿？　渋谷にする？　どうしようか？」

って、行くところがなかなか決まらなかったんです。それで、家を出る前にリビングに父が出演する『講談 第34回かぶら矢会』［*23］のチラシがあったことを思い出して、

「そうだ、今日、父ちゃんが怖い話をするみたいだから、行ってみる？」

「面白そう！　行こう、行こう」

って、なんとなく話がまとまって、ミニスカートを穿いた〇ちゃんとスキニージーンズに真っ赤なハイヒールを履いたわたしとで、半蔵門の国立演芸場に足を向けました。ご年配の方が多いお客席の中に、若い女性が2人、ポコッと入って行った。佃煮の中にサクランボが二つ入ったようなイメージです。会場に少し遅れて入ったら、琴桜《きんおう》［*24］先生が出演されていて驚きました。

「えっ！　女性でも講談は出来るんだ。演ってイイんだ」

と、ここで初めて知りました。髪の毛をビシッと結って綺麗なお着物を着られて背筋をピシッと伸ばされ、堂々と、滔々《とうとう》とお話しされるその眩しい御姿が、その直後の衝動の背中を大きく押してくださったのです。この気持ちは、何かのインタビューでわたしが申し上げており、それをお読みくださったのか、わたしの真打披露の口上で、琴桜先生は、

「私のおかげで、この子は今、講談界にいるんです。皆さん、私に感謝してください」

と、おっしゃっていただき、お客様から大喝采をいただきました。

それまで、父からは、

「客席に家族の顔があったり、お前が居たりすると、恥ずかしくて演り難いから、……来るな」

と、言われていましたが、そのときは好奇心が勝って来てしまった。講談を読むときは、お客席の照明を暗くせず、明るいまま申し上げるので、演者も、「あ、あそこに〇〇さんがいらっしゃる」と、お客席の様子が分かるんですね。ただこの日の父の演目は、怪異談［*25］の『牡丹灯記《ぼたんとうき》』だったので、少しだけお客席の照明を薄暗くしていました。父は会場を真っ暗にして下から懐中電灯で照らすような演出は一切しなかったので、客電［*26］が通常80％のところを40％にしたぐらいでしょうか。

20歳まで、将来の道に講談師は全く選択肢に無かった。客室乗務員とか、アクセサリーの販売員とか、受付嬢とか、銀座のママとか……、きらびやかな職業に憧れていました。

大学のサークル集合写真

成人式　晴れ着でチーズ

大学卒業旅行　ドバイ

入門前、兄と父とわたし

因みに、怪談のときに会場を真っ暗にして、釈台の下から懐中電灯などのあかりで自分の顔を照らして恐怖を演出する演り方は、「お化けの貞山」こと祖父の七代目貞山の工夫した手法でした。幽太を会場に出す演出も。その道具仕立ての怪談噺を引き継がれたのが、のちに講談界初の人間国宝になられる「怪談噺の貞水」こと六代目一龍斎貞水〔*27〕先生です。

さて、お話は戻り、初めて伺った講談会。正直、ここだけの話……、寝ちゃった根多もありました。アハハ、本当に申し訳ございません。いよいよ一番お終いのトリで登場した父の高座。根多がはじまると、その情景描写、その高座姿に衝撃を受けました。

なにせわたしの知っている父は、パジャマ姿で過ごしていて、常にタバコ吸って、麻雀をして、競馬して負けて、「チクショウ！」って新聞を破いて、テレビで好きな球団のヤクルトの試合を観て、巨人が勝ったりすると、「畜生、この野郎！」とテレビをぶん殴る。そんな印象しかなかったのです。

その父が紋付を着て、国立演芸場の高座で講談を上品に堂々と申し上げている。家での印象とのあまりの落差に、

「ええぇ〜！　これ、父ちゃん？　カッケーェ！」

その日、父が読んだ『牡丹灯記』は、中国の月湖《げっこ》のほとりが舞台で、靄がかかっている湖、お線香の香りが漂ってきそうな情景が想像出来て、「キレイ……。美しい風景だな」と……。一緒に観に行った〇ちゃんも歴史好きだったのもあるのか、

「こむちのパパ、カッコいいねぇ」

と、言ってくれて。

終演後は、やっぱり〇ちゃんと飲みに行き、家に帰ったら父はまだ帰っていなかった。日付が変わった頃父が帰って来るな

り、わたしは抑えきれない気持ちを口にしました。

「ねぇ、講談師ってどうやったらなれるの？」

「なんだ、急に」

「ねぇ、教えてよ」

「なんだよ、知らねぇよ」

「……今日、行ったんだよ。怖い話」

「……？　お前、今日来たのか？　バカヤロウ！　来たのかよ！」

「ねぇ、凄くカッコよかったから、講談師になりたいんだけど、どうやったらなれるの？」

「なれっこないから、ダメだ、ダメだ。……もういい、風呂入る。風呂入る」


　って、けんもほろろ。父から見たら、わたしは飽きっぽいし、移り気の一種として、「講談を聴いたその日に、『やりたい』って思いつきで言っているだけだろう」と、思われたみたいですね。でも、諦めなかった。

　その日から、父と顔を合わすたびに、「ねぇ、どうやったら講談師になれるの？」としつこく訊くようになりました。父もしつこく、「お前なんかになれないよ。いいよもう、飯食おう」とはぐらかされる日々が始まりました。

　講談師への憧れから、講談を調べるようになり、最初に行ったのは、お江戸両国亭［＊28］の『なでしこくらぶ』［＊29］でした。「女性が講談師になったら、どういう感じになるんだろうか？」という思いから、出演者が女性だけの会に行ってみたかったのです。

　両国亭は面白い造りで、お客席の真ん中に巨大な柱があるんですね。まだ内気だったわたしは、その柱の陰に隠れるように

写真 森松夫

写真 森松夫

して、講談を聴いていました。当時の（神田）あやめ〔*30〕姉さん、今のあおい姉さんが受付をされていて、「大丈夫ですか？」って声をかけてくれたので、

「ああ、大丈夫、大丈夫」

「こちらにお名前を……」

てんで、わたしが書くと、

「え……？　こ、こむ……、小村井？（まじまじと顔を見て）小村井？」

明らかに動揺されている様子。わたしは深く考えず、「お邪魔しまーす」と会場に入って柱の陰に隠れましたが、入門後に聞いた話では、この日の楽屋は大騒ぎになっていて、出演者の姉さん方が高座の袖の御簾から代わる代わるお客席のわたしの様子を見ていて、

「貞山先生の、絶対関係者だよ」

「娘さんじゃないの？」

「え、でも似てなくない？」

「え？　でも小村井って……、どう考えても堅気の名前じゃないよ」

って、ヒソヒソ話をされていたそうです。

自宅《うち》で父と顔を合わせれば、「なりたいんだけど……」、「いや、出来っこない。無理だ」の押し問答。大学の講義が終わったあとに、講談を聴きに行く暮らしが続きました。

日が経つに連れ、段々と開き直ってきた。大学3年生になった間もない頃のある一日。またしても親友のOちゃんと父が出演するお江戸日本橋亭〔*31〕に行きました。Oちゃんは笹塚のマンションによく遊びに来ていたので、娘とその友達の二人連れに案の定気がついた。終演後、人の流れに乗って帰ろうとしていたときに、「おい」と声を掛けられた。「ヤバイ……、怒られる……」と思ったそのとき、

「お前ら、飯食ったのか？」

「いや、まだだけど……」

「終わったから打ち上げに行くけど来るか？　連れて行ってやるよ」

って、言ってくれ、父の打ち上げに初めて行くことになりました。

……というのも、父は少年時代、七代目の祖父が再婚したときに食に困っていた。継母は、自分の連れ子と自分、七代目だけでちゃぶ台を囲んでご飯を食べ、父だけ一人、別の机で痛んだ鯖しか食べさせてもらえなかったと、よく父から聞いていました。その過去から、娘のわたしの顔を見ると、常に「腹減ってないか？」と訊いてくれていたのです。だから、来るなと言われていた父の出演する講談会に黙ってわたしが来たこと以上に、習慣的にわたしのお腹の心配をしてくれ、ご飯を食べさせてくれようとしたのだと思います。

打ち上げは、日本橋亭近くの焼鳥屋さんでした。そのときは神田すず姉さん、今の菫花《すみか》〔*32〕姉さんが前座で、注文から料理運び、取り分けとバタバタ働いている姿を見て、「何でこの人バタバタ働いているんだろう。座ってりゃぁイイのに……」って呑気にも思いながら、父の隣の上座に座り、

「キャー！　この鳥皮美味しい♡　ビール、おかわりぃ♡」

なんて、やりたい放題。アッハッハ、今考えれば、「八代目のお嬢さんだから、やらざるを得ない」超めんどくさい小娘ですね。今更ですが、姉さん、ごめんなさい。父も機嫌が良くなって、

「じゃぁ、2次会はカラオケに行こうじゃねぇか」

って、カラオケに行ったら、今度はすず姉さんが中島みゆきの『時代』を汗水たらしながら必死に歌っていて。「……何で、この人若いのに、こんなに必死に昔の歌を歌ってんだろう？」とまたもや呑気に思い、わたしは倖田來未の『キューティーハニー』を熱唱し、すず姉さんがヨイショしてくれるのにすっかり気をよくしてマイクを離さず歌い続けていました。今更ですが、姉さん、重ねてごめんなさい。

その晩も父と一緒に家に帰ったあと、いつもの調子で、

「講談師になりたいんだけど……」

と、言ってみましたが、

「出来っこない。出来っこない」

と、いつもの調子。断わられて……。それからも懲りずに父の機嫌の良さそうなときを見計らっては、「講談師になりたい」と、ずっと言い続け、その都度、

「女には出来ないよ」

「お前は飽きっぽいんだから、諦めな」

「ダメだ。ダメだ。ダメだ」

という答えが返ってくる日々でした。

わたしが大学4年の12月のある一日、そんな父が唐突に、

「着物に着替えろ」

って、言いだした。

＜注釈＞

七代目一龍斎貞山［*01］……1907年生まれ。1922年六代目一龍斎貞山に入門し貞之助。1931年真打に昇進し六代目一龍斎貞鏡と改名。1947年七代目一龍斎貞山を襲名。道具を駆使した怪談を開拓し〝お化けの貞山〟の異名をとった。1966年逝去。

前名である貞鏡［*02］……前項参照。祖父である七代目一龍斎貞山の真打昇進時の名。

八代目一龍斎貞山［*03］……1947年七代目一龍斎貞山の長男として生まれたが、父の逝去後四代目神田伯治（後の六代目神田伯龍）の養子となる。1970年父神田伯治に入門し神田伯梅。1977年真打昇進し八代目一龍斎貞山を襲名。1989年文化庁芸術祭賞を受賞。2021年逝去。

道具仕掛け［*04］……芝居や話芸などで種々の大道具、小道具、照明、音響などを使って演出効果を上げる方法。

『義士伝』［*05］……赤穂事件を題材にした数々の講談演目の総称。赤穂事件の発端である殿中刃傷から討ち入りまでの顛末を読む〝赤穂義士本伝〟、仇討に加わった個々の武士にまつわる物語である〝赤穂義士銘々伝〟、またこの流れに連なる重要人物を描く〝赤穂義士外伝〟からなる。

写真 森松夫

『荒木又右衛門』［＊06］……江戸時代初期の剣豪。伊賀の国で服部平左衛門の子として生まれ、父に伴い数藩を経た後、故郷伊賀にて剣術の修行をした。その後柳生新陰流を会得、大和郡山藩剣術指南役となった。講談には「荒木又右衛門～奉書試合」などがある。

幽太［＊07］……講談師が怪談を読む際、幽霊の扮装をして観客を怖がらせる役割。おおむね前座がこの役を務める。

六代目神田伯龍先生［＊08］……1926年生まれ。1939年五代目神田伯龍に入門し神田伯梅。1947年真打昇進し四代目神田伯治を襲名。1982年六代目神田伯龍を襲名、また同年「小猿七之助」の口演にて文化庁芸術祭賞を受賞。2006年逝去。

四代目神田伯梅［＊09］……前項記述の四代目神田伯治の前名が三代目の神田伯梅。その伯治に入門した際の八代目貞山の前名がこの四代目伯梅。

「冬は義士、夏はお化けで飯を食い」［＊10］……講談を題材に詠んだ川柳である。作者は二代目神田山陽とのこと。この後に「春と秋とは食いっぱぐれ」と続けての狂歌だと言う説もある。

宝井琴調先生［＊11］……1974年五代目宝井馬琴に入門し〝琴僚〟。1985年真打昇進で〝琴童〟、同年師逝去後四代目宝井琴鶴（後に六代目馬琴）門下に移籍。1987年四代目宝井琴調を襲名。現在講談協会会長。

神田翠月先生［＊12］……女流講談師の草分けの一人。1968年田辺一鶴に入門し小鶴。1976年真打昇進し〝はまな翠月〟。1979年二代目神田山陽門下に移籍し翌1980年〝神田翠月〟に改名。2020年逝去。

宝井琴柳先生［＊13］……四代目宝井琴柳。1971年六代目小金井芦州に入門し総州。1975年二つ目で桜州と改名。1976年四代目宝井琴鶴（後の六代目馬琴）門下に移り鶴州。1981年真打昇進し四代目宝井琴柳を襲名。

本牧亭［＊14］……講談専門の寄席。上野鈴本演芸場近くにあったが、1990年に閉場。その後1992年湯島にて再開し、2002年に上野に移り2011年まで続いたが惜しまれつつ閉場した。

極月［＊15］……ごくげつ。1年の最後の月。月が極まるということでこう呼びならわす。

『うしろの正面だあれ』［＊16］……海老名香葉子著作の自叙伝的小説。太平洋戦時下での実体験を元に書かれた。昭和の爆笑王初代林家三平の妻であり、二代目林家三平の母。

『連合艦隊』［＊17］……1981年公開の東宝映画作品。太平洋戦争の初期〝真珠湾攻撃〟から様々な海戦を経て、敗戦の色濃くなりゆく〝沖縄水上特攻作戦〟へ至る模様を人間的な視点で描いた。

加藤剛［＊18］……俳優。1962年連続テレビドラマ「人間の條件」でデビュー。1970年テレビドラマ「大岡越前」で当たり役となり長年にわたり演じた。1976年NHK大河ドラマ「風と雲と虹と」主演、他映画出演作多数。2001年には紫綬褒章を受章している。2018年逝去。

『ニューシネマパラダイス』［＊19］……1988年のイタリア映画。中年にさしかかった映画監督が少年から青年期にかけての人生を、愛した映画の数々と共に回想するというもの。音楽はエンニオ・モリコーネ。

『ひまわり』［＊20］……1970年イタリア・フランス・ソヴィエト他の合作映画。ソフィアローレン主演。ヘンリー・マンシーニの抒情的なテーマ音楽が有名。

『日本の話芸』［＊21］……1991年開始。NHKの30分の話芸番組。基本的に落語や講談のベテラン演者が出演する。開始当初は夜遅くの放送時間だったが、再放送が平日の午後にもされた。現在は日曜日の午後2時から放送されている。

こむち［＊22］……本名の苗字〝小村井〟から始めの2文字を使った愛称。

『第34回かぶら矢会』［＊23］……講談協会の主要メンバー五代目宝井琴梅、二代目宝井琴桜、四代目宝井琴柳、宝井琴星、四代目宝井琴調、八代目一龍斎貞山を中心として行われていた講談会。現在は若手講談師も含めて行われている。

琴桜先生［＊24］……四代目宝井琴桜。1968年田辺一鶴に入門し田辺千鶴子。1969年五代目宝井馬琴門下に移る。1970年同門の宝井琴梅と結婚。1975年夫琴梅と共に真打昇進。五代目馬琴の前名である琴桜を襲名。講談師初の女性真打である。

怪異談［＊25］……現実にはありえないような出来事、不思議な事件など。また妖怪や化け物が登場する話。

客電［＊26］……寄席やホール等の会場の客席側の天井の照明のこと。ホールなどではおおむね明るさを調整できるようになっている。

六代目一龍斎貞水先生［＊27］……1955年五代目一龍斎貞丈に入門し貞春。1966年真打昇進し六代目一龍斎貞水を襲名。七代目一龍斎貞山の怪談の手法を受け継ぎ人気を得た。2002年人間国宝に認定される。講談協会会長を2度にわたって務めた。2020年逝去。

両国亭［＊28］……お江戸両国亭。演芸に関するスペースを管理している永谷グループが運営する寄席。講談の会を始め、円楽一門会の定席としても定期的な会が開催されている。両国駅からほど近い京葉道路沿いにある。

『なでしこくらぶ』［＊29］……〝女流講談なでしこくらぶ〟のこと。神田すみれの声掛けで2004年に始まった講談協会に所属する女性講談師による会。サッカーのなでしこジャパンの活躍にあやかってこの名をつけた。基本的に毎月1回お江戸両国亭にて行われる。若手の勉強会的な意味合いもある。

（神田）あやめ姉さん［＊30］……神田あおい。2002年神田すみれに入門しあやめ。2008年二つ目であおいに改名。2016年同名のまま真打昇進。

日本橋亭［＊31］……お江戸日本橋亭のこと。両国亭と同じく永谷グループが運営していた日本橋にある寄席。2024年1月よりビル改築のため休業中。営業の中心は落語だけでなく講談、浪曲の会も定期的に開かれていた。

（神田）菫花姉さん［＊32］……神田菫花。2006年神田すみれに入門し、2010年同名のまま二つ目。2020年真打昇進し菫花と改名。

イラスト／一龍斎貞鏡

【第四章】貞鏡講談 十八番

わたくし一龍斎貞鏡が特に愛する根多、
思い入れの強い読みものの中から選び抜いた十八演目をご紹介！
どの読みものを誰から受け継いだか？
どんな思いが詰まっているのか？
貞鏡直筆のイラストとゆかりの写真を添えてお届けします！

一

赤穂義士銘々伝の内

赤垣源蔵　徳利の別れ

あらすじ

討ち入り当日、源蔵は酒を携え兄の屋敷へ暇乞いに行ったが、兄は不在であった。兄の羽織に向かい酒を飲み、思い出話を涙ながらに語って帰って行く。帰宅した兄は源蔵の思いを察し、翌朝、泉岳寺へと向かう四十七士の隊列の中に源蔵の姿があることを、万感の思いで聞く。

貞鏡の想い

師匠貞山は、「高座では色んな人物の了見にならなければならないし、第三者目線で地の文も読まなければならないから、感情を入れすぎて演者である自分が泣くのは野暮だ。第一、俺は一人っ子だし、家族の愛情とかそういうのは分からねぇから、何とも思わねぇんだ」
と言いながら、赤垣源蔵のお稽古中、目に一杯の涙を浮かべている師匠の姿が誠に愛おしかった。

二 赤穂義士外伝の内 天野屋利兵衛

あらすじ

天野屋利兵衛は堺の廻船問屋で、浅野内匠頭から恩義を得ていた。殿中の事件後、大石内蔵助からは武器の用意を頼まれるが、役人に発見され利兵衛は捕まった。武器の依頼主を白状しない利兵衛に奉行は、「息子の七之助を鞭打つぞ」と脅すのだが、利兵衛は「何があってもその名は申しませぬ」と答え続けた。

貞鏡の想い

出産、子育てを機に、「お子さんやお母さんが出てくる話が得意になりましたか？」

と、よく色んな方から聞かれるようになったが、とんでもないことだ。自分が母になったからと言って子供が出てくる話がすぐに上手になる程、芸の世界は甘いものではない。ただ、「愛」という存在を子供たちが教えてくれた事で、母として、愛おしい子供の表現はいつか高座で漂わせられるよう精進をしたい。

三 お紺殺〜

あらすじ

佐野の次郎兵衛は江戸からの帰路、戸田川の河原にいた惨めな姿の女に銭を恵むと、その女は昔女房にしていたお紺で、「何故、捨てた！」と詰め折られ、言葉巧みに誘い出して、川へ突き落として殺してしまう。一人で宿へ入ると番頭から、「お連れさんもご一緒ですね。」と、妙なことを言われ……。

貞鏡の想い

本編にもしたためたが、わたしの師匠のご葬儀の日。師匠を出棺する折に俄かにCDデッキから流れてきたのが師匠の「お紺殺し」。怖すぎて思わず笑ってしまったが、日は変わり、わたしの真打昇進披露興行最中のこと。三遊亭兼好師匠にご出演を賜りたく、恐れながらお電話したところ、普段はとても陽気で柔らかく穏やかな兼好師匠が電話に出られた瞬間、「…貞鏡さん？やめてくれよ！」と語気が荒い。何かしくじってしまったかと思い、「は…はい？何か…？」とお聞きしたら、

「今ちょうど貞山先生のお紺殺しを聞いてて、『後ろから、目の腫れ上がった、びしょ濡れの女がスーッと付いてきていらっしゃいます…』って場面で急にあなたから電話掛かってきたもんだから…」

と慌てていらっしゃり、またしてもとんでもなく怖すぎる状況に笑ってしまった。

イラスト／一龍斎貞鏡

四 清水次郎長伝 お民の度胸

写真 ヤナガワゴーッ！

あらすじ

森の石松は、遠州中之町の都鳥一家から金百両を受け取るために訪れる。都鳥一家は町はずれで石松を騙し討ちにし、虫の息の石松は兄貴分小松村の七五郎宅に逃げ込んだ。女房のお民と酒を飲んでいた七五郎は、石松をかくまい、お民には逃げろというのだが……。

貞鏡の想い

宝井琴調先生からお稽古をつけていただきました。講談の中では時代を考慮し、片仮名を使わぬよう細心の注意を払う。わたしが申し上げ、先生にお聞きいただいているお稽古の最中、登場人物の七五郎が、

「お民、その布団を退けておけ。そうだそうだ。うん、オッケーだ」

と思わず口から出てしまった。

「やばいっ！」

と思ったその瞬間、琴調先生は俄かに咳き込まれ、私の「オッケー」という言葉が聞こえなかった振りをして下さった。

琴調先生のような慈悲深い人間に、私もなりたい。

五 ベートーベン月光の曲由来

あらすじ

ベートーベンは、夕暮れの町はずれを歩いていると、小さな家から自分が作曲したピアノ曲が聴こえる。盲目の少女が弾いて、彼は娘のためにピアノを弾く。途中、ランプが消えてしまうが、窓を開けると煌々とした月の光が差し込み、ベートーベンは弾き続けた。翌朝、その楽想を譜面にし、「月光」の曲が誕生した。

ピアノ講談中の様子

貞鏡の想い

講談は古くより男性のお客様が多く、なんとか女性のお客様にももっと講談をお聴きいただきたい。ご興味を持っていただくにはどうすれば良いのかと思い悩んでいる時に、たまたま御縁をいただきご招待していただいたピアノのコンサート。女性で溢れかえるお客席を見て思い付いたピアノ講談。まだまだ改善の余地ありですが、申し上げていてとっても楽しい試みです♪

六 大岡政談 縛られ地蔵

あらすじ

木綿問屋の真面目な奉公人喜之助は、五十五反のさらしを届ける途中、業平橋因果地蔵の脇で居眠りをして、さらしは盗まれてしまった。番頭は信じないので、南町奉行大岡越前守に訴え出た。すると越前は、「その因果地蔵を捕らえよ」と指示を出したのだ。ここから奉行の名裁きがはじまる……。

縛られ地蔵　現地取材の様子

貞鏡の想い

幽霊地蔵、ぴんころ地蔵、塩なめ地蔵など、変わったお名前がついたお地蔵様は各地にいらっしゃいますが、その中でも 東京は葛飾区にあります南蔵院というお寺様には、願掛けに縄を掛け、事成就の暁には縄をほどくという、縛られ地蔵が安置されていらっしゃる。お参りにうかがうと、なるほどお地蔵様の身体中には幾重もの縄が掛かっている。この読み物は入門して一年目の時に師匠貞山からお稽古をつけていただきましたが、お奉行様のイメージがぼんやりとしていて、貫禄がどうしても出せない。

「大岡越前守様ってどんな風体で、どんな顔をされてたのでしょうね」

と、師匠に尋ねたところ、やはりそこは天下の御記録読み・講談師としての矜持があるので「知らない」とは言いたくなかったのでしょう。師匠は間髪入れずに、

「ウム。加藤剛さんに似た風体であったと伝わる」

と、きっぱり申しておりました。

七 左甚五郎 昇天の龍

あらすじ

上野寛永寺に鐘楼堂を建立することにした三代将軍家光は、欄間を龍の彫物で飾りたいと彫物の名人を集めた。大久保彦左衛門に推挙された左甚五郎は龍を見たことがない。悩んだあげく不忍池の弁天堂に願をかける。満願の日の帰りがけに、甚五郎は龍が不忍池から昇天する夢を……。

貞鏡の想い

この演目は、師匠が今生で申し上げた最期の講談となりました。

「甚五郎は愛嬌が無くっちゃいけない」と、よく師匠が申しておりました。そんな師匠は、任侠映画をこよなく愛する強面の愛嬌者でした。あの恐い顔で高座に上がられ、とポソっと恥ずかしそうにギャグを挟む。それが、失礼ながら堪らなく可愛かった。

昇天の龍を読んでまもなく昇天された師匠。気が早すぎます。

イラスト／一龍斎貞鏡

八 徂徠豆腐

義祖父の六代目・神田伯龍先生とあっかんべして遊ぶ

あらすじ

元禄の頃、儒学者荻生徂徠は貧乏長屋暮し。豆腐屋の七兵衛はこの長屋に差し掛かり、徂徠から豆腐を求められる。徂徠は毎日豆腐を買うが、支払いが出来ないことを七兵衛に告げた。七兵衛はこの貧乏学者の志に感じ入り、「毎日、豆腐とおからを届けます」と約束をした。その後、七兵衛は風邪で寝込んでしまい、久しぶりに徂徠を訪ねると、徂徠は転居して行方知れず、隣家からの火事で豆腐屋も全焼するが……。

貞鏡の想い

世話講談の第一人者とその名も高き、義祖父の六代目・神田伯龍先生が得意とされてた演目。沢山の噺家さんも高座にかけておられますが、元は講談です。

幼いころ、あっかんべぇをして遊んでいただいていたなんて…。あの頃に戻れるなら、目の前で、マンツーマンで、伯龍先生の『徂徠豆腐』をたっぷり耳元で読んでいただきたい。

この講談の中には、「まさかという坂がある」という言葉がある。まさか…師匠がこんなに早く旅立ってしまうとは…。「まさかの坂に備える」と自分の高座で申し上げておきながら、情けないことに、その「まさか」に自分が備えられていませんでした。

九 赤穂義士銘々伝の内 千葉の槍

あらすじ

千葉三郎兵衛が友之丞という名であった若き日、伊勢参りへと旅に出た。共の槍持ち老僕の市助は脚が弱く、後から遅れて着いた宿場で部屋を間違え、岡田という武士の部屋へ入ってしまう。槍を取り上げた岡田は友之丞に、「槍を返して欲しければ市助の首を差し出せ」という。友之丞は市助の覚悟を聞き、その首を落とす。そして岡田の前に首を出し、返させた槍で岡田を討ったのである。

七代目が描いた
達磨さんの赤穂義士
提供／うなぎ両国

貞鏡の想い

東京は両国にあるうなぎ屋さん、その名も「両国」。七十年に亘り講談会を開催して下さいました。写真は、七代目貞山が描いた、赤穂浪士の達磨さんの絵です。

初めてこの講談を聴いた時、こんなにも残酷な読み物があるものかと衝撃を受けました。講談は大体が、「刀を大上段に振りかざし、ヴェイっ！と首を斬ろうとした丁度その時！

バラバラっと駆け付けてまいりました侍によって、危ういところを救われた！」という風に、丁度良い時に丁度良い人物が丁度よく現れるものだが、この読み物は情け容赦もなく、ポーンと首をすっぱり斬り落としちゃうんだもの。その描写が脳裏に焼き付きどうしても離れない。遂には、私の愛する読み物の内、三本の指に入るほどになってしまった。

十

赤穂義士外伝の内 忠僕直助 出世の刀鍛冶

あらすじ

直助は四十七士の一人、岡島八十右衛門の中間である。岡島は情け深く、困っている人を助けて懐は常にさびしい。腰に差している刀も、意地の悪い上司から「なまくらだ」と揶揄されてしまう。直助は金を貯めて主人に立派な刀を差し上げたいと思い、有名な刀鍛冶・津田越前守の元に弟子になる。三年の月日が経ち、直助は誰もが認める刀鍛冶に。岡島に献上する立派な大小を携えて赤穂に向かったのだ。

七代目貞山が書いた『出世の刀鍛冶』の台本

貞鏡の想い

七代目一龍斎貞山と八代目一龍斎貞山とでは構成が異なります。七代目は、直助が素性を明かさないまま、刀鍛冶の津田越前守の弟子になるところから。八代目は、直助が赤穂浪士の岡島八十右衛門の中間であることを申し上げてから話が進みます。どちらも好きだが、私は七代目の形で申し上げています。家来が主人を想う気持ち、親が子を想う気持ち。いつの世も、人を想う気持ちというのは変わらないもので、その人情を、講談は読むのです。

刀は武士の魂。釈台と張扇は講談師の魂。師匠の張扇は普段大切にしまってあるが、ここぞという大舞台の時にはこっそりお借りして、師匠のお力をお借りしています。

十一

三方ヶ原軍記の内 土屋三つ石畳の由来

あらすじ

徳川家きっての武将鳥居四郎左衛門は三方ヶ原において武田家武将土屋右衛門尉直村との一騎打ちで誉を得ることになる。戦いは取っ組み合いとなり、鳥居は土屋の家紋である四つ石畳の鎧金具の一つを掴み取っての絶命であった。その死闘を伝え聞いた家康は鳥居の雄姿を後世まで伝えるとともに、武田家家臣の土屋の血筋を惜しみ、土屋家の子孫を家臣に加えた。そして家紋である四つ石畳を、「三つ石畳にせよ」と命じたのである。

貞鏡の想い

一龍斎貞水先生からお稽古をつけていただきました。前半は軽く滑稽に、後半は大好きな修羅場で勇ましく読むという緩急が堪らなく楽しく、いかにも講談らしい一席です。

光栄至極なことに、この演目で、文化庁芸術祭新人賞を賜りました。実はこの公演当日は第四子妊娠初期でちょうど悪阻が酷く、まさに開演二分前までお手洗いにこもっていました。高座に上がってからは具合が悪いのはおくびにも出さず、一席読み終えると、すぐにまたお手洗いにこもるという有様でしたが…その時、お腹の中にいた娘と共に受賞が叶いました。

イラスト／一龍斎貞鏡

十二 牡丹灯記

講談中に扇子を睨み付けてる強面の八代目貞山

あらすじ

中国の元の時代。喬生（きょうせい）は妻を亡くしたばかりで寂しく暮らしていた。ある夜、牡丹の灯籠を下げた供を連れた美しい娘・麗卿（れいきょう）と出会い結ばれる。以来、月湖（げっこ）から来たというその娘は、毎夜喬生を訪ねるようになった。隣に住む張老人は喬生の様子がおかしいと思い、そっとその逢瀬を覗いてみると骸骨が喬生にまとわりついているのを見る……。

貞鏡の想い

師匠貞山が、文化庁芸術祭賞を受賞した演目であり、私が初めて父の講談を聴いたのも、この演目でした。怪異談ですが、怖さ以上に幽玄で美しい読みもの。師匠の高座からは、本当に伽羅高木の香りが漂ってきたかのように錯覚したほどです。

「ここから月湖までは大変な道のりだ。訪ねて来られるはずがない」と、いう台詞に対し、

「でも……タクシーに乗れば…」と返すくだりがありますが、硬派な師匠が、少し照れながら申し上げる姿が、失礼ながらとても可愛かった。

格好良いのにいくつになっても可愛い芸人、私も目指します。

十三 浪花のお辰

あらすじ

土浦の茶屋女だったお安は土屋長六という刀屋に見染められ女房になった。長六が留守のある日、お安は寺参りに行く途中で女乞食のおくらと出会う。実はこのおくら、お安が〝浪花のお辰〟として悪事を重ねていた頃の悪仲間だった。お安はおくらの登場に驚き、金を握らせて口止めし帰したが、それでは済まず、おくらに強請られる。耐えかねたお安は計略でおくらを呼び出し、匕首で刺し殺した。後に殺しが発覚しお安は〝浪花のお辰〟として犯した罪の数々を白状する。

提供／本間裕人

貞鏡の想い

上野広小路亭で神田翠月先生が高座にかけていらっしゃり、わたしは高座の袖で勉強させていただいていたのですが、あまりの迫力、とんでもない毒婦（悪女）の衝撃に、暫くのあいだ立ち上がれなくなってしまいました。それまでの、「お淑やかに、お利口さんで居なければ」という概念を見事にぶち破ってくれました。私も啖呵を切って高座で暴れたい。すぐに翠月先生に、「お稽古をつけていただけませんか」とご相談申し上げたところ、「これは毒婦だから…あなたのような線の細い、か弱い子に出来るかしら…。まぁ、いいわ」と、仰り、お稽古をつけていただけることに。あげのお稽古で私が申し上げる一席をお聞きいただいた直後、「あなた……、こんなにも毒婦がぴったり合うとは思わなかったわ。あなたのニンに合ってるわよ。…まさか本性でやってるの？」と、あらぬ疑いを掛けられてしまった。

十四 日蓮聖人御一代記

あらすじ

提供／宗蓮寺

日蓮宗（法華経）の祖、日蓮は鎌倉時代安房の国に生まれた。幼名を善日麿といい幼いころから利発であり、長じて鴨川の清澄寺に入り教えを受けたが、他宗の教えも学びたいと考えるに至る。そして諸国を巡ってみたが得られたのは、〝妙法蓮華経〟こそが最も尊い教えであることだった。「立正安国論」の建白、様々な弾圧、伊豆、佐渡への流罪と幾多の苦難を乗り越えて復活を遂げる日蓮の一代記。

貞鏡の想い

全部で三十席はある連続ものの読みものです。お千代おばあちゃんが古い講談本から読みやすいよう書き換えられ、それを六代目神田伯龍先生が様々なお寺様で申し上げ、それを弟子の貞山が引き継ぎ、そしてそのまた弟子のわたしにお稽古をつけてくださり、それが御縁で、今の夫と出会うことになるとは…誠に不思議な、且つ、有難い御縁です。お寺様で講談を申し上げる機会も多いのですが、実は落語も浪曲も講談も、元々はお坊様がお話されるお説教、御説法に由来をするのだそうで。お説教に笑いの要素を多く加えたのが落語に、涙の要素を加えたのが浪曲に、お説教に嘘の要素を多く加えたのが講談になったとも言われている。そのことから、「講談師見てきたような嘘をつき」、という川柳も出来たのだとか。

十五 忠臣義士 二度目の清書

お誕生日会 八代目とツーショット

入門してから八代目とツーショット

あらすじ

大石内蔵助は吉良上野介仇討の計画を幕府にさとらせまいと、酒色にふけり遊び暮らしていた。あげくは茶屋女を身請けし、妻も母も離縁すると言う。大石は寺坂吉右衛門に命じ離縁のいきさつを書いた文と共に妻の父・石束源五兵衛へ「心中よしなにご賢察を」という言葉を託した。そして吉良上野介仇討を成し遂げた大石は、寺坂に命じ、この次第を義士たちの身内と家族へ知らせてくれと文をしたためる。急ぎ豊岡に着いた寺坂は討ち入り詳細を石束と妻、母、子たちに滔々と語るのだった。

貞鏡の想い

言わずと知れた、六代目一龍斎貞山が得意とされた演目。早口言葉ではない、修羅場でもない。一龍斎の謳い調子で読み上げる誠に流麗な読みもの。寺坂の口上は正に圧巻で。

七代目貞山は晩年の病床でこの「二度目の清書」を、痺れる舌で一言の間違いも無く読んで亡くなったと伝えられています。

「一龍斎にとっては特に大切な、重厚な読みものであるので、わたしが真打になったら、師匠にお稽古をつけていただくお願いをしよう」と、思っていたが、それが叶わなかった。今となっては師匠に直接聞くことが出来ないので、「師匠だったらどうされるかな。なんて仰るかな」

と、想像をして稽古をするより道がない。

十六 柳生二蓋笠

読みものの最中に笠を構える八代目

あらすじ

剣の将軍家指南・柳生但馬守宗矩、この三男又十郎は遊び惚けていたので、父から勘当されてしまう。又十郎は、出羽の山中で七年の修行に励み江戸に帰ってきた。まずは叔父にあたる大久保彦左衛門を訪ね、見事な技を見せた。彦左衛門は、但馬守の道場に又十郎を連れて行き、正体を明かさず、「お主と試合をしたい」と但馬守に伝える。道場で向かい合う二人。但馬は武器に槍を使うが、又十郎は「二蓋の笠で良い」と言い、勝負は瞬時に又十郎の勝利で決まった。父は又十郎であることに気づいていて、以後又十郎は将軍家の指南役を柳生飛騨守宗冬の名で継ぐことになる。

貞鏡の想い

前座になって１年後、修羅場以外に初めて師匠貞山からお稽古をつけていただきました。

「頭には越路の雪を頂き　額には青海の波を漂わせ　腰に梓の弓を張り」という表現。初めて聴いた時は正直、意味が分からない。と同時に、「美しい」と感じた。

「頭には雪を乗せたかのような白髪となり、おでこには波を漂わせたかのような皺が刻まれ、腰は梓弓のように曲がられた」、つまり翁を表す講談の美しい表現だ。

家の中では、「こらー！　ちんち〇しまいなさい！」と怒鳴ってるわたしが、高座ではこんな美しい日本語を使っているのだ。その振り幅の広さに自分でも驚く。

十七 山内一豊

あらすじ

織田信長の家来・山内一豊は城下の馬市で見事な駿馬に見とれていた。馬の値は金三枚で、まだ若く貧乏な一豊にはその馬が買えない。帰宅した一豊に妻の千代は奥から鏡を持ってきて、鏡の背をはがすと中から金五枚が出てきた。一豊はすぐにその駿馬を買い求めた。その年の秋、信長が馬揃えの命を出したところへ、見事な馬に乗り颯爽と現れた一豊。信長はその準備の仔細をほめたたえ、これを機に山内一豊が土佐の大名にまで出世するという物語の序章である。

貞鏡の想い

講談には『切れ場』という、物語の終盤で畳み掛けるようにして纏める一節があるが、「この一豊の切れ場である『夕べに加増、明日にご加増、またまた加増』という文言は七代目貞山が作ったんだ」と師匠は嬉しそうに何度も教えてくれました。

一豊の妻がお千代さん。師匠の実母の名前もお千代さん。その為か師匠も思い入れが強かったようで、よく高座にかけていらした。ある日、その日も師匠がお江戸日本橋亭の高座で一豊をかけられた帰り道、

「…お前もいつか結婚したら…一豊の妻のお千代さんのような妻の鏡（鑑…笑）となるんだぞ。…へっ、無理か」と、ポソっと呟かれたことがあった。わたしは返答に困って、「…へい」とうやむやに答えたが、あれから十数年。わたしも妻になった。…うん、やっぱり絶対無理だ。

イラスト／一龍斎貞鏡

十八 四谷怪談～お岩様誕生～

あらすじ

四谷左門町に田宮又左衛門と言う武士が顔に痘痕がある一人娘のお綱と暮らしていた。下男の伝助がお綱と夫婦になり、お産間近のお綱を家において、伝助は高田大八郎の屋敷へ飯炊きに行き、そこで大八郎が斬り殺した金貸しの死体を見つけた。大八郎に脅された伝助は、死骸を長屋の押し入れに投げ込む。金貸しの妻も夫の帰りが遅いと大八郎を訪ね、斬り殺された。夫婦二人が殺されたその夜にお綱が産んだ赤ん坊は、お岩と名付けられ、数奇な運命をたどって行く……。

怪談中の七代目一龍斎貞山

貞鏡の想い

師匠は晩年まで怪談をほとんど申し上げなかった。それには、様々な理由や想いがあった為だと思うが、大きな理由の一つは、怪談を得意としていた七代目貞山に憚っていた為だろうと推察する。

怪談を読む時には事前に必ず、四ツ谷にある於岩稲荷田宮神社お参りに伺います。そうしないと何か祟りがあると恐れられている為だ。というもの、実在されたお岩様は絶世の美人。夫の田宮伊右衛門との夫婦仲も睦まじく、生涯幸せに過ごされたのですが、後になって鶴屋南北という歌舞伎狂言の作者が、「東海道四谷怪談」の中で、お岩様の人物像、運命を180度変えて、お岩様の顔は醜く、田宮伊右衛門にも裏切られて死んでいった哀れな像として創ったらこれが大ヒット。不朽の名作となった。しかしお岩様からしてみたら冗談じゃない。自分が身罷った後に、事実を捻じ曲げられているのですから。だからしっかりお岩様に仁義をきって、

「事実とは異なりますが、怪談を読ませていただきます」とお参りに伺うのです。

…わたしだってそうですよ。わたしがこの先身罷った後、誰か劇作家が表れて、「一龍斎貞鏡という、不細工で下手な講談師がいた」なんて事実を捻じ曲げられでもした日には……容赦なく取り殺すよ。

【第五章】貞鏡半生記　其ノ二

入門してから真打昇進まで

写真提供／森松夫

大学4年の冬、着物に着替えて父と向かった先は、六代目一龍斎貞水先生の御自宅でした。

２００７年の年末、来年3月には大学を卒業するわたしは、相変わらず講談師になることを諦めきれずにいました。しかし、父は頑として、「無理だ。諦めろ」の返事のみ。友人たちが就職活動に奔走している中、わたしはただ漠然と講談師になることしか考えていなかったので、ＩＴバブルの崩壊やリーマン・ショックの前触れで同年代の学生が就職氷河期を迎えて苦労していたことすらも憶えていません。

12月のある一日、家に居たわたしに父が、声をかけました。

「おい、出かけるぞ。着物に着替えろ」

何のことだか、さっぱり分からない。着物も、一人ではとても着られない。しかし、古本屋で着付けの本は買っていたので、それを引っ張り出してきて見よう見真似で仕度を終えると、紋付羽織姿の父とわたしは二人で出かけることになりました。

「……ねぇ、どこへ行くの？」

「いいから、付いて来い」

家庭内では寡黙な父がいつも以上に静かにしていた。わたしは、どこへ、何しに行くのかが、さっぱり分からずに電車の吊り革に摑まっていた。

「おい、次で降りるぞ」

湯島駅で降りて、住宅地に入って訪れたのは、六代目一龍斎貞水先生の御宅だった。

講談師志望であったわたしですが、この時点ではこの業界の習わしに疎く、父の八代目一龍斎貞山に入門を許してもらえば、それで入門出来るものだと思い込んでいました。父は私の入門を許す際に、講談協会の会長であり、一龍斎の長《おさ》でもいらっしゃる貞水先生に、弟子にとる報告とお許しを得に訪れたのでした。

「怪談の貞水」、講談協会の会長、人間国宝、六代目一龍斎貞水

前座時代に修業をさせていただいた貞水先生のことをご説明申し上げると、わたしの祖父「お化けの貞山」と称された七代目一龍斎貞山があちこちの興行や放送番組で怪談を申し上げていたときに、よくお手伝いをされていらしたのが、前座時代の貞水先生だったそうで。そのお手伝いの経験から、道具仕立ての怪談で一世を風靡した七代目貞山の芸風や演出を丸ごと受け継がれたのが貞水先生であったと伝わります。会場を真っ暗にして釈台の下から青いライトでご自分の顔を照らす演り方をテレビで見せたのは貞水先生が初だとも伝わります。テレビ放送の普及と、貞水先生の怪談の演出が一致して、もの凄く話題になった時代だったそうです。

「怪談の貞水」の異名を持ち、照明と音響の効果を駆使し、七代目貞山ゆずりの道具仕立てでされる怪談は、「立体怪談」として広く知られるようになりました。２００２年には、講談界初の人間国宝に認定され、２００９年に旭日小綬章、２０２０年に正五位を贈位

される。

その貞水先生の御自宅に、父はわたしを連れていったのでした。貞水先生のお部屋に通され、奥の上座には貞水先生が座っていらっしゃる。父が手前の末席に座り、わたしが手前側の上座に座る。本当は逆なのですが、世間知らずで席次も分からないから、そんな変な座り順になってしまった。

父の実父である七代目貞山にお世話になっていた六代目貞水先生は、父をとても可愛がってくださっていました。なので、本来は父から貞水先生をお呼びする場合は、「貞水兄さん」とか、「貞水先生」と呼ぶべきなのですが、父も親しみを込めて、「貞水さん」と呼んでいたらしい。その父が急に、

「貞水さん、……これ、娘なんだけれど、『どうしても、講談師になりたい』って言っているんです。……講談師にならせてやっても良いでしょうか?」

と、言って、両手をついて貞水先生にお願いをしてくれた。「あっ、そうやって手をつくもんなんだ」と思ったわたしは、慌てて両手をついてペコリと頭を下げた。すると貞水先生が、

「ああ、貞山君の娘か。いやあ、もう、なるべくしてなるんだよ。頑張ってなぁ」

と、おっしゃっていただいて。次に父が、

「ありがとうございます。つきましては、こいつに、七代目貞山が真打になる前に名乗っていた貞鏡って名前を付けさせてやりたいと思っているんですけれど、良いですか?」

「ああ、もちろんだ」

わたしの、心の中はいろんな感情が渋滞していた。「ええー、わたし、本当に講談師になれるんだぁ?! で、〝ていきょう〟!? どういう字を書くんだろう? この方が国宝! 優しそう! ……でもどうしよう。わたし、本当に講談師になっちゃうんだ……。ちょっと……、怖い」あれほど父に懇願していた講談師になれる嬉しさと同時に怖気づいてもいました。

父は、地固めとか、根回しとか、政治的な動きは全くしない人でした。

「貞水先生から入門のお許しが出たら、三つ指をついて深々とお辞儀をするんだぞ」

などの予習もない。お辞儀の仕方すらも知りませんでした。講談界に入るということ、特に見習いや前座の心構えを教わることもなく、この瞬間にいきなり入門を許していただき、一龍斎貞鏡という高座名までいただいた。

この日は、赤穂浪士の討ち入りを過ぎた12月の20日前後だったと思います。それから間もない28日には、講談師にとって大切な行事である張扇供養［*01］があり、正月の1日から楽屋見習いがはじまった。激動の半月でした。

不安で押しつぶされそうになる前座生活がはじまった

この夜を境に、父とわたしの関係は、師匠と弟子の関係となりました。

最初のお稽古は、わたしが父のことを「師匠」と呼び、父がわたしのことを靖世ではなく「貞鏡」と呼ぶことからはじまった。家に帰っても二人の関係は、父娘ではなく師匠と弟子の関係になった。そこからはじめないといけないほど、わたしは古典芸能のしきたりに疎かったのです。

貞山の娘であるにもかかわらず、楽屋見習い、前座としての了見

や立ち居振る舞いが全く分からないまま修業がはじまりました。

この頃の失敗《しくじり》を数え上げますれば、張扇供養にミニスカートのハイヒールで行く。正絹《しょうけん》［＊02］の訪問着の着物で楽屋働きをしようとする。

「(着物の袖をとって) あら、イイお着物ねぇ?」

と、言われて、それを皮肉だと思わず、

「はい、お陰様でぇ♡　ありがとうございます♡」

と、満面の笑みで返していました。講談の高座がある上野の本牧亭、お江戸日本橋亭、お江戸上野広小路亭［＊03］の寄席を主にして楽屋見習いが始まった。見習いは、読んで字の如く、余計な手出しをせず、先輩方の働きを見て習って覚える修業。芸人としての立ち居振る舞いを素人である自分の身体に入れて憶える期間です。先輩方の超人的な動きに圧倒され、「あれよ、あれよ」と目まぐるしく毎日が過ぎ、あっという間に大学を卒業する3月になる。翌4月には、見習いから前座になりました。

前座になると、実際に楽屋働きをするようになる。先生方が如何に高座に集中していただけるかを考え、気を働かせて目を働かせて身の回りのお手伝いをさせていただくのですが、この前座になって間もない頃、衝撃的な出来事が。この世界は厳しい縦社会、先輩のおっしゃることは絶対。また、いろいろと不文律があり、一つ例に挙げると、先輩が打ち上げや食事に連れて行ってくださったときは、前座は先輩より先に箸をつけず、先輩が箸をつけられてから前座もいただきはじめ、先輩が召し上がる直前に前座が食べ終える、というものがあります。あまりにも前座が早く食べ終わり過ぎると、「腹減っているのか、もう1杯食え」と先輩に気を遣わせてしまうので、先輩の召し上がるペースに合わせて前座はあくまで直前に食べ終える。


ある日は師匠がラーメン店に連れていってくださった。その日は憧れのとても綺麗な先輩が前座で入っていました、その先輩が、

「いい?　貞鏡さん、あなたはまだ入門したばかりで分からないと思うけど、ペースを合わせるのよ。私を見てなさい」

と、心強いお言葉を掛けてくださいました。ところがわたしの師匠は食べるスピードが猛烈に速い。超人的に速い。師匠が箸をつけ、食べはじめてから先輩の顔色が変わった。あまりの速さに慌て、その姉さんが途中むせてしまった。その直後、綺麗な姉さんの鼻の穴からラーメンが1本出ている光景を目の当たりにした瞬間、

「とんでもない世界に入っちまったな」と驚愕した。強く印象に残る衝撃的な出来事でした。

前座になると、貞水先生の学校公演［＊04］を月曜日から金曜日まで毎日鞄持ちでお供させていただくことが増えました。旅のお仕事［＊05］も多く、本当に有り難いことに、毎日勉強させていただきました。

学校公演は、体育館が高座となることが多く、バスケットボールなどが置いてある体育倉庫が控え室になったりするんですね。文化会館を貸し切っての公演のときは、ちゃんと楽屋があるので、そこで会場に合わせて臨機応変に働く術《すべ》を勉強させていただきました。

また貞水先生はわたしに少しでも場数を踏ませてくださろうと、

「折角来ているんだから、前に出て何か喋れ」

って、おっしゃってくださいました。普段、修業させていただいている本牧亭や広小路亭は30～１００名様ほどの収容人数の会場なんですが、学校公演だと千人規模の全校生徒が観客なので、もう、膝が笑うほど、ぶるぶるガクガク震えながら「寄席入門」、「講談入門」の話をさせていただきました。

「寄席入門」、「講談入門」とは、「寄席ってこういう場所ですよ」、

「講談っていうのは、こういう芸なんですよ」っていうのを分かり易く10分ぐらいにまとめてお話しをするのですが、もちろん台本はありません。なので、他の講談の先輩方にお聞きしたり、噺家さんが喋っていることを勉強させていただいたり……、でも、生来の不器用が炸裂し、なかなか上手く喋れませんでした。

　ちなみに講談界のことを少し説明いたしますと、わたしが講談の世界に入門して所属したのは、『講談協会』［*06］です。東京には、『日本講談協会』［*07］もあり、『日本講談協会』と『落語芸術協会』［*08］の両方に所属されている講談師もいらっしゃる。その場合は、『落語芸術協会』の寄席にも出られますし、『日本講談協会』の公演にも出演できるのです。それは自分の師匠によっても異なりますが、我が『講談協会』では、琴調先生、琴柳先生が『落語協会』［*09］に所属されていて、そのお二人以外は、ほとんど誰も他の協会に所属されていない状況です。そのような状況なので、貞水先生は、

「講談協会の日本橋亭しか知らないようじゃダメだ、素人だぞ。いろいろと広く勉強しなさい」

と、とおっしゃってくださり、とにかくいろんな公演にお供をさせていただきました。

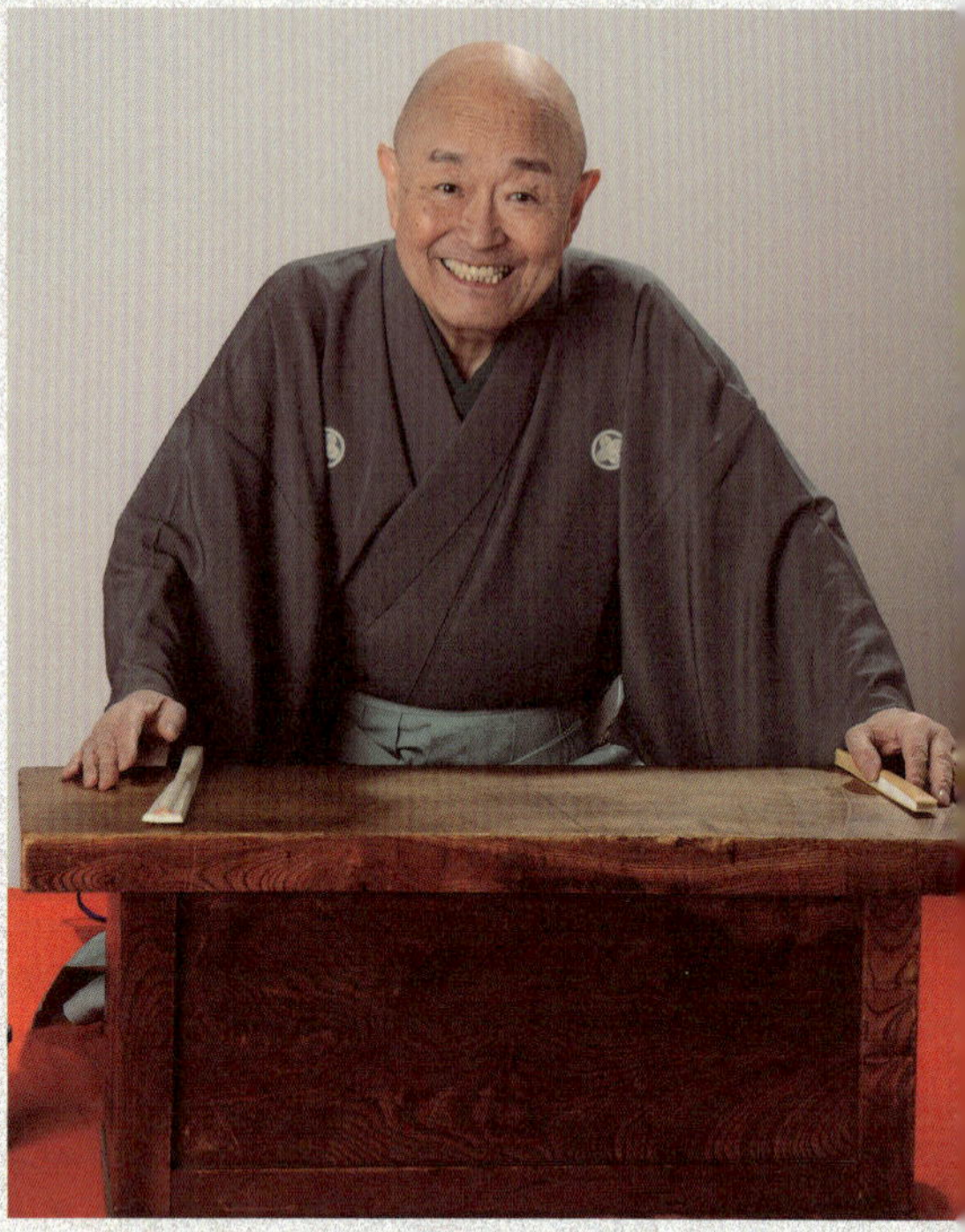

写真提供／影向舎

　わたしにとって学校公演は、祖父・七代目一龍斎貞山の芸風を体感出来る貴重な場でもありました。六代目一龍斎貞水先生は、前座時代に祖父の怪談公演のお手伝いをされ、祖父の道具仕立ての怪談を引き継がれ、学校公演でも、『江島屋騒動』［*10］、『耳なし芳一』［*11］はよく演っておられました。先生の怪談の見どころの一つが、幽太の登場です。幽太とは、お化け役のこと。会場にもよりますが、講談の途中で会場が真っ暗闇になり、前座が幽霊の衣装を着てお化けや鬼のお面を被って登場してお客様を怖がらせる演出方法です。わたしも、貞水先生の怪談では幽太を勉強させていただきました。貞水先生の演出は、鬼のお面を被って舞台に出て、手には『蜘蛛の糸』［*12］を握りこんでいて、パッと投げると蜘蛛の巣のようなテープが出てくる。そして、ちょっとひと踊りして下がるという役でした。

　祖父の七代目貞山の時代、貞水先生が前座のときにされていた幽太を、今度は貞水先生が、七代目の孫のわたしに教えてくださっておられた。とても有り難いことで、本当に、貞水先生の鞄持ちをさせていただいた前座の4年間は、誠に貴重で、勉強になる時間でした。わたしの父の八代目貞山も、貞水先生に、

「娘だから、どうしても自分に甘えてしまうと思うので、貞水さんが鍛えてやってください」

と、お願いしてくれていたと、あとで貞水先生からうかがいました。

　また貞水先生は、生粋の芸人でいらっしゃり、とても厳しい方。国宝ですので、本来であれば神棚に鎮座ましますようなお方が、そ

のお背中を見せて下さったのです。貞水先生はよく、「教わる」のではなく、盗めとおっしゃっていました。

　公演がお開きになったあとは、会館の方、照明、音響の舞台の方、その他のお手伝いの方々に、

「お疲れ様でした。ありがとう」

　って、おっしゃってからお帰りになる。……講談は自分一人で出来るものじゃない。会場の方や、舞台の方のお力添えがあって成り立つものであり、その方々に礼を尽くすものだと、貞水先生の行動を拝見し、教えていただきました。

　当時は恐ろしくて口にも出せませんでしたが時効ということで……。貞水先生のもとで勉強をさせていただいていた頃の失敗談《しくじり》は多くあります。貞水先生の足袋をわたしが洗濯したあとに乾燥機を掛け過ぎてしまい、七五三で履くようなサイズまで縮めちゃったことがあります……。乾燥機から取り出した変わり果てた足袋の姿を見てあまりの恐ろしさに、暫くその悪事を白状出来ないまま公演先へ。その足袋を公演前に楽屋にキレイに揃えておいたのですが、貞水先生がいざ履こうとされても、……当然のことながら、全然入らない！

「……おかしいなぁ……」

　と、貞水先生がポソッとつぶやかれた。そのとき、貞水先生とチラッと目が合ったので、「もう逃げられない。ダメだ。年貢の納め時だ。白状しよう」と思ってバラバラッと駆け付け土下座をして、

「その足袋はわたしが縮めてしまいました。申し訳ございません」

写真提供／影向舎

祖父の七代目貞山、父の八代目貞山に、わたしが恥をかかせる訳にはいかないと思えば思うほど、そのプレッシャーに押しつぶされそうになる1年目

と言いかけたときに、貞水先生がわたしの言葉を遮って、

「貞鏡、聞いてくれ。最近、足が浮腫《むく》んじゃって、履けなくなっちまった」

って、おっしゃってくださった……。そこでわたしが謝ってしまうと、楽屋に居る皆の前で失敗《しくじり》を公にすることになるから、庇ってくださったのです。他にも、正絹の羽織紐を洗濯機に入れてしまって、鮑の熨斗《のし》みたいにしてしまったことも……。本当に、何もかも申し訳ございませんでした。

中でも、貞水先生の学校公演で、離島の講談公演に行くためフェリーに乗ったときのこと。元々、乗り物酔い、電車にも酔っていたわたしがフェリーで船酔いをしてしまい、人間国宝の隣でエチケット袋を片手に真っ青な顔をしていました。「おい、大丈夫か？ 窓際へ行け」と席を譲っていただき、先生に散々気を遣わせてしまった挙句の果てには、先生のキャリーバッグをフェリーに置き忘れて下船してしまったのです。自分の着物の入ったリュックサックはしっかり背負っているのに……。

気がついたときには、フェリーは出港してしまって、公演の開演時間前には戻って来ない。貞水先生は、あの怪談を読まれるときのように低いお声で、

「どうしてくれるんだ？」

……もうひたすらひれ伏すしかない。蚊の鳴くような声で、

「……申し訳ございません」って、答えるのが精一杯でした。

まさか私服の洋装で高座に上がる訳にもいかず、開演時間が迫っている。震えながらあるスタッフの方に申し上げたところ、「大丈夫ですよ。落ち着いてください。ちょっと待ってください」とおっしゃって、どこかへお電話をされた。その先が、離島に唯一ある結婚式場。その方の咄嗟の機転で、新郎の貸衣装である黒紋付と袴を

写真提供／影向舎

借りてくれたのです……。欺くして、首の皮一枚でつながれたのですが、わたしはこのように恐ろしいほどの粗忽者。

わたしがこうして失敗《しくじ》るたびに、七代目の祖父、そして父であり師匠の八代目貞山の顔に泥を塗ることになる。貞山の娘なんだから、もっとお利口さんでいなければならないのに、失敗《しくじ》ってばっかり。そう考えると、自分の一挙手一投足が気になりはじめて、「先生にお茶を出すタイミングは、あれで良かったのだろうか?」、「ああ、今日も楽屋で気働きが出来なかった」、「何で、先の先を読めないんだろう」と悩み抜いて夜を明かし、ネガティブな思考のスパイラルがはじまると、自分の悪いところ、出来なかったところを見つけては、どうしていいのか分からない、とことん落ち込むという、悶々とした日々が長く続くことになりました。こうなると、高座に上がるのが怖くなる。お客様の顔が怖い。

幼少期の人見知りも、この時分に爆発的にぶり返しました。

「あなた、もう向いてないから、早くやめなさい」

この頃は、高座に上がることが〝楽しい〟と感じたことがありませんでした。「怖い。ああ、どうしよう? 逃げたい」と思ってしまって、お客様の目を見ることが出来なかった。そこで、わたしは入門前から近眼だったので、眼鏡を外して、コンタクトレンズもしないでお客様の顔が見えない状態で高座に上がっていた時期がありました。しかし、高座返しのときにフラフラして、眼を細めているわたしを見た琴調先生に、

「何だ? 貞鏡、コンタクトしてないの?」

「……お客さんが怖くて、今、コンタクトしていないです」

「ダメだよ、そんなんじゃぁ。これからは何百人、何千人というお客様の前で講談を読む講談師になるんだから、今から慣れなくてどうするんだ?」

「……はい、申し訳ございません。畏《かしこ》まりました」

と、ご助言をいただくほどでした。

そんな中、学校公演の旅の仕事で、貞水先生、林家正楽師匠〔*13〕、ウチの師匠の貞山、先輩のお姉さんとわたしでまわることになったのですが、開口一番で、そのお姉さんと二人の掛け合いで、「寄席入門」、「講談入門」を演ることになりました。

……が、上手くいかず、楽屋に戻ると、正楽師匠がタバコを吸いに出られていて、そのお姉さんと二人きりになった。このときに、お姉さんから、

「あなた……、本当に不器用ね。この世界に向いてないから……。やめるのは早い方がいいから、早くやめちゃいなさいよ」

他に誰も居ないところで言われたのがはじまりで、その後も、

「あなたの後輩の〇〇さんには出来て、なんであなたはこんなことも出来ないの?」

「貞山先生は、今まであなたに何を教えてきたのかしら……」

「まだ居るの? 早くやめなさいよ」

と、言われるようになりました。そのストレスで、自分から顔や指を無意識で引っ掻くようになり、血まみれになって皮膚科へ通い、化膿止めをいただいては、「これは自傷行為だよ」と、医師から言われ続けても、傷つけることをやめられませんでした。誰かに相談したくても、チクることになってしまってエスカレートされても嫌だし、誰にも言わずにいましたが、ある日、意を決して別の先輩に、

「わたし、〇〇姉さんにこんなことを言われてて……」

と、ご相談したところ、

「いや、あの娘《こ》は、そんなことを言う訳ないよ。貞鏡の思い過ごしだよ」

って、返されました。そのときに、「人って、事実を申し上げても、信じてもらえないことってあるんだ……。じゃぁ、もう、名前を挙げて弱音は吐くまい。愚痴は言うまい」と、そのとき、腹に決めました。これから先は何があっても、自分の腹に留めて、逆にバネにしてやろう。この考えは、わたしの原本となり、「笑いに変えられるのなら、幾らでもネタにするが、それ以外の弱音や愚痴、果ては悪口は決して言うまい」と。思い返すと、わたしの人生の岐点の一つでした。

前座時代に覚えた講談三十数席！

前座時代の1年目は、毎日、悶々としておりました。でも、師匠の講談が好きだったし、貞山《ししょう》が大好きだったから、根多だけは憶えようとしていました。前座1年目のときは、師匠から教わった『山崎軍記』だけをただひたすら必死に読んでいました。

2年目に入ると、落語家さんから、ホール落語会の前座のお仕事の声を掛けていただけるようになりました。前座仕事は楽屋働き［*14］、めくり［*15］、座布団返し［*16］、お囃子の太鼓［*17］なのですが、開口一番といって、その落語会の番組の最初に短い講談を読む勉強もさせていただけます。

四谷にあった『篝火《かがりび》』［*18］というお店で、毎月、三遊亭楽生師匠［*19］が独演会を開かれていて、わたしがよく前座を務めさせていただいていました。お店の大将がとても慈悲深い方で、わたしのことを大変気に入ってくれて、毎月呼んでいただけるようになりました。最初のうちは、貞鏡、楽生師匠、お仲入り、楽生師匠という出番。で、そのあとにその篝火さんで打ち上げをする流れでした。

……そのうちに、楽生師匠、貞鏡、お仲入り、楽生師匠という、わたしが仲入り前を務めさせていただく番組になり、終いには楽生師匠、貞鏡、お仲入り、貞鏡って……!? 楽生師匠の独演会じゃないじゃん！　こうなると、毎月根多おろしをしていたので『山崎軍記』だけではなく、なぜかトリを務めさせていただくこともあるので、前座らしい読みものからトリで申し上げる重めの読みものを師匠貞山から教えていただくようになりました。

「……じゃぁ、今日はこれを読むから、そで（舞台袖）で聴いてろ」

という感じで、前座時代に30席ほどの講談のお稽古をつけていただきました。お聞きしたところ、落語家さんの師匠は弟子に生涯で一～二席の噺しかお稽古をつけられない方もいらっしゃるようなので、わたしはとても恵まれていました。

また、講談協会主催の『前座勉強会』［*20］でも根多を増やしました。本牧亭で毎月行われ、都合がつく前座は全員出演して、トリ（主任）はご指導くださる真打の先生がお務めくださる会です。師匠が指導に入ったときは、前座の開口一番から全員の高座を聴いてくださり、所作とか、根多のどこに重点を置くなどの指導、各々の師匠に教わればいいと考えていたので、アクセントや、言い間違いだけを指摘してくださいました。真打の先生方が聴いてくださってご指導くださるので、根多を増やすと同時にとても勉強になりました。

2カ月に1度のペースで神保町『らくごカフェ』［*21］で『徳川四戦記』という徳川家康公が生涯に関わる大きな戦《いくさ》、『三方ケ原軍記』『長篠軍記』『姉川軍記』『小牧長久手軍記』を読む勉強会をしたり、うちの師匠の八代目貞山とわたしの『親子会』も開催していました。本来親子会とは、真打の師匠と真打になった弟子の師弟の会を指すのですが、わたしたちの場合は本当の父と娘でもあるので、正真正銘の『親子会』でした。最初はお江戸日本橋亭で開催していましたが、お客様に沢山ご来場いただけるようになってからは内幸町ホール［*22］に移しました。

「親子で善人と悪人・善悪講談を読む」、「親子で怪談を読む」など、テーマを決めて開催していたので、師匠から教えていただいた根多だけではなくて、例えば会が『仁侠ものを親子で読み候』であったならば、わたしが宝井琴調先生から『清水の次郎長伝』の内、『お民の度胸』を稽古つけていただいて読んだり、

「若いうちに、頭が柔らかいうちに根多をどんどん覚えろ」

という、師匠の教えに習い、ここでも根多を増やしていきました。

わたしの師匠のお稽古は、最初に一対一の対面で師匠が読んでくださった音声の録音が許されていて、それを憶えたのちに、アゲのお稽古になりました。

前座時分に、師匠から約三十席、お稽古をつけていただき、そして貞水先生の鞄持ちをさせていただきながら開口一番も様々な公演の楽屋働きを勉強させていただける。場数を踏ませていただけるのは、〝貞山の娘だから〟ということが大きかったのだと思います。この頃は、大変有り難い血縁関係だったのですが、のちに〝八代目のお嬢様〟という呪縛にわたしが囚われていくことになり、それが解けたのは二ツ目になってからのあることがキッカケでした。

2012年2月、二ツ目になってみたものの……

さて、本心は人前に立つことが怖いと震えていた前座も、年季を重ねると二ツ目に昇進する時期がやってきました。

というのは、我が講談協会は、

「怨みの原因になるので抜擢は行わない。全員、年功序列で昇進させる」

という方針であり、加えて、当時は前座の人数が多い時期だったので、「この人が二ツ目に昇進したから、次の昇進は貞鏡だな」という流れで……、まぁ、心太式《ところてんしき》に近い状態の昇進だった。実際、いくら貞山の七光がある娘でも、平均の昇進時期より半年ほど長かったのは、とても有難かったです。

二ツ目昇進は、2011年の7月に師匠から、

「理事会で決まって、半年後におまえは二ツ目に昇進するから、そろそろ仕度しろや」

と、おっしゃっていただき、初めて黒紋付を誂《あつら》えて、自分の手拭いを染めました。

ちなみに……、ちょっと嬉しかったのが、わたしは1月入門なので、見習いでお年玉をいただき、4年後の1月に前座としてお年玉をいただき、翌月に二ツ目昇進のご祝儀をいただきました。

「おまえ、どこまでもらうんだ?」

「普通、この時期は避けるんだけどね」

と、先輩に言われ、

「へい、相済みません」

って、笑いながら2カ月連続でちゃっかりいただきました(笑)。

前座修業とは、目配り、気配りがとても重要でした。公演をご一緒させていただく先輩、先生、師匠方に、楽屋でいかに過ごしていただくか、そして高座をいかに集中していただくかに尽力する。先の先を読みながら立ち回らないととても務まらない。入門前のわたしが、父の講談会に遊びに行って、その終演後の打ち上げ会場で、先輩方が独楽鼠のように働いて、汗だくになりながらカラオケを歌っていた訳がようやく分かりました。

前座時分わたしは、社会人1年目、全てが真新しく、ただ我武者《がむしゃ》羅《ら》に必死に生きた。それが、二ツ目になると、その前座働きから解放される。時間に余裕が出来てきたことによって、気持ちにも余裕が生まれ、自分の高座以外の講談会に遊びに行くように。貞水先生が出演される日本橋亭へ勉強に伺ってみたり、親しい姉さんの気になる演目をかけられる会があったら楽屋に遊びに行ってみたり。今後自分はどうしたらいいのか？ どういう方針でやっていくのか？ という研究と勉強に時間を費やす余裕が出来てきたのです。二ツ目になって、やっと、講談師としての自分探しの旅のスタート地点に立ったような気がします。

わたしの講談師人生を変えた酔っぱらいのテレビ局の方

二ツ目になってから数年経ったある日、大きな放送局で、大御所の物真似芸人さんが主演した歌謡ショーのレギュラー出演者に選んでいただきました。全国の市民会館を回って公開収録するほぼツキイチの番組で、大物芸人さんを座長としてお芝居をする番組でした。わたしが場繋ぎやお芝居のナレーションをし、第二幕の冒頭で、収録会場の現地に纏わる短い講談を申し上げる役を大変有り難くも頂戴いたしました。

毎月、地方の市民会館に前乗り〔*23〕で伺うと、放送に関わるいろんな業種の方が集まる飲み会も開かれました。ある日、いつもはとても物腰が柔らかく、優しい番組制作の方が、めずらしくベロベロに酔っぱらって、わたしに絡んで来られたんです。「……貞鏡、あんたは今日も白いワイシャツを着て、下もひらひらのスカート穿いて清楚ぶっているけど……。あんたよぉ、それ、素じゃないだろう?」って。実は当時、わたしは大きな放送局の仕事だから、清純ぶって、お利口さんでいないといけないと思い、ましてや、貞山の娘だから……、という前座時代からの呪縛があったので絵に描いたような清楚ぶった恰好、立ち居振る舞いをしていました。そうしたら、その方が、

「つまらねぇよ！ 根っからの清楚な女性なんて幾らでも居るんだから、あんたはもっと素を出さなきゃ、つまんねぇよ！」

これが、わたしの中では、とても大きな人生の転機でした。それまでは、「お利口さんでいなきゃ」って、何よりも念頭にありました。だからこそ生き辛くて、負のスパイラルだったのですが、その方が酔っぱらいながらも、「素じゃねぇだろ?」って指摘されたとき

写真提供／森松夫

に、

「バレた！」

と、ドキッとしました。その日ホテルに帰ってから、悔しくて、悔しくて寝られない。

「そうだよ。貞山の娘だからお利口さんでいなきゃいけないと無理しているのは、分かる人には分るよなぁ……。えいっ、どうせバレたなら……！」

と、翌日の本番収録から、「わたしの素で楽しめる高座を、演っちゃおうじゃないか！」って、そこから落語家の先輩方との実験的な試みの演芸会や、講談中にピアノ演奏を行う、貞女ではなく、毒婦を読む会などをはじめました。二ツ目になったわたしの講談的大冒険がはじまった日でした。

因みに、酔っぱらいながらもわたしの本性を見抜いた方は、翌日の収録本番で、いつもと変わらず穏やかな口調で、

「貞鏡ちゃん、今日もよろしくねぇ」

と、声を掛けて下さったので、

「昨日は有り難うございます！　何だかあのひと言で吹っ切れてすごく楽になりました！」

と、感謝を申し上げたら、

「え？　俺、なんか言っちゃった？」

って……。わたしの人生を変えてくれたのに、昨夜のことを全く憶えてなくて……。アッハッハッ！

毒婦伝の新境地に足を踏み入れた

ちょうどこの頃、上野広小路亭で神田翠月《かんだすいげつ》先生がトリで高座にかけていらっしゃった毒婦伝『浪花のお辰』。高座の袖で勉強させていただいていたわたしが腰を抜かすほどの迫力に深く感激し、先生にお願い申し上げて、初めて「毒婦」という新境地を勉強させていただきました。

悪い女が続々と、これでもかというほど出て来て、悪事に悪事を重ねる、啖呵を切るのが、「お利口さんでいなければならない」という呪縛から解き放たれたわたしにとって、読んでいて堪らなく楽しい。毒婦に目覚めたときでした。

『笑点特大号』で、わたしのキャラ付けが確定する

また、この頃BS日テレで放送されている『笑点特大号』［＊24］の女流大喜利のレギュラー出演者にもお声を掛けていただけるようになりました。が、講談師のわたしは大喜利を勉強したことがなく、出演者の中で講談師はわたしだけだったし、全く分からない状態だったので、最初の1、2回は初々しくブリッ子してから、キャピキャピ演っていたんですが、何回か勉強させていただくうちに、〝極妻〟キャラと申しましょうか、姐御キャラが周りの方から、「いいよ、いいよ、貞鏡姐さん、板についているよ」とおっしゃっていただけるようになりました。ちょうど、放送局の酔っ払った方か

お利口さんで品行方正に、父と祖父ちゃんの顔を傷つけないようにしていた前座時代を経て、自分の演りたいことを見つけた激動の二ツ目時代へ。

ら、「素じゃねぇんだろ」と言われたときと、毒婦伝を申し上げはじめた頃と、『笑点特大号』の極道キャラが演り易い時期が絡み合っていて、「……あっ、自分は、このままでイイんだ。無理しないで、品行方正やお利口さんで、潔白な貞女を演じなくていいんだ」と確信できた時期でもありました。

のびのび勉強させていただいた落語家さんたちとの演芸会

お利口さんの呪縛から解き放たれたこの頃に、同じ二ツ目の落語家さんとは、とても楽しく、会を開催させていただきました。中でも柳家さん喬師匠のお弟子さんの、今は柳家小傳次《こでんじ》師匠［＊25］になられた〝喬之進《きょうのしん》〟兄さんと、当時は柳家小太郎《こたろう》兄さんだった柳家㐂三郎《きさぶろう》師匠［＊26］とは、三人会を企画し、例えば落語と講談をあべこべにして、わたしが落語の『真田小僧』を『真田小娘』に改作して申し上げ、兄さんたちが講談を落語化したり、『真景累ヶ淵』を3人で連続読みをし、㐂三郎兄さんが『宗悦殺し』を、小傳次兄さんが『深見新五郎』を、そして『豊志賀の死』をわたしが申し上げるという、リレー公演をしてみたり、また、演り手が居なくなって埋もれてしまった噺を各々が課題として持ち寄って、シャベルのように掘り起こす『シャベルんです。』というタイトルの実験的な試みの会をしたり、毎回趣旨を決めて開催していました。

この会はわたしにとって、落語的なアプローチでお客様との距離を縮める話芸の在り方を学ぶ場にもなりました。うちの師匠貞山は、「講談は元々まくらを振らないものだ」という考え方であり、講談の中に引き事《ごと》［＊27］といって、笑いや、くすぐりを入れる場面があるのですが、師匠はそれを好んで申し上げず、

「講談は、元々武士の演芸《もの》だから、媚びずに真っすぐ演っていれば良いんだ」

という哲学でした。その弟子のわたしが、噺家さんから芯のある柔らかさを本当に勉強させていただきました。

それ以上に楽しかったのが、打ち上げです。毎回、明け方まで飲んで騒いでいました。

打ち上げでは各々の高座に対する感想戦の要素もあり、怪談のリレー公演をした日の打ち上げでは、

「兄《あに》さん、今日のわたしの豊志賀、どうでした？」

と、訊くと、㐂三郎兄さんが、

「豊志賀の厭味なところとか、どろどろした執念は上手いと思うけど、初心で可愛らしいお久が下手だね。ニンに合ってない」

と、言われて、

「はぁ？　うるせぇよ！　テメェに言われたかねぇよ」

と、手が出る。毎回、お酒が進んで芸論になると、意見を訊いては兄さんの胸ぐらを摑んでいました。兄さん……、ごめんよ。で、小傳次師匠は香盤［＊28］が一番上だから全部ご馳走してくれるんですけど、

「何で俺が金払って、お前たちの喧嘩の仲裁をしなきゃいけないんだよ！」

って、いつもブーブー言うのですが、わたしが、

「じゃぁ、次回はいつにしますか？」

って言うと、次回の公演のテーマを夢中になって語りはじめる、そんな打ち上げでした。

二ツ目ではじめたピアノ講談は、

女性のお客様を集めた

二ツ目になってからの挑戦のひとつに、「ピアノ講談」があります。わたしが申し上げているピアノ講談というのは、講談全集にも記載されている古典講談の『ベートーベン月光の曲由来（月光誕生）』というものと、新作では宝井琴星《たからいきんせい》先生〔*29〕がお創りになったショパンが最後まで愛した人との恋物語の『ショパンとジョルジュ・サンド』という根多です。

昔から講談の会は男性のお客様が多く、女性のお客様にも、そして講談を初めてお聴きになる方にも分かり易く、興味を持っていただくためにはどうしたらいいか……。思案していた時に思い付いたのが、自らピアノを弾きながら、その楽曲に纏わる講談を申し上げるスタイルのピアノ講談。これが試行錯誤の連続でした。

ピアノ講談の最初の公演は、日暮里サニーホールのステージ下手側〔*30〕に高座を作っていただき、上手側〔*31〕にピアノを置いて試みてみました。出だしは高座から普通の講談のようにお座布団に座って、時代背景や人物描写を申し上げる。……例えば、

「ときは西暦1770年のことでございます。ドイツはボンというところでボンッと生まれましたのが、のちのベートーベンでございます」

という感じで物語に入り、途中でベートーベンが街を歩いている場面で、

「その晩は、ちょうど長月、九月のことでございました。月の光を浴びながら歩いていると、どこからともなく聞こえてまいりましたピアノの音色」

「お？　これはピアノの音色か？　こっちだ……、こっちから聞こえてくる……！」

と、そこまで読んだら、にわかに高座から立ち上がってピアノまで移動をしてピアノを弾き、

「きれいな音色だな……」

と、言ったあとに、また高座に戻って講談を続ける。そして、『月光』の曲をベートーベンが思いついた場面で、またピアノまで移動して『月光』の曲を実際に弾いて、

「斯くして、『月光』の曲が生まれました」

という……、移動が多くて、その日は、移動の間にお客様の集中力が途切れてヘンな笑いが起きちゃった。どうにかしなくっちゃと思って、2回目以降は高座を省略して、ピアノの椅子に座ってお客席のほうを向きながら講談を読み、座ったまますぐにピアノ演奏を交互にする演り方にしてみました。最初からピアノの前に座っているため、釈台が使えないので、釈台の替わりに自分の太腿を張扇で叩くという、今でいうステージングを工夫してみました。

ピアノ講談は今までに、10回ほど申し上げました。前述した通り、わたしは入門前の大学生時代に、『砂の器』や、『ひまわり』など、琴線に触れるもの悲しい物語に美しいピアノの旋律が流れる映画にとても感銘を受けていました。今でいうエモい感じ。高校時代に最も感銘を受けた映画も、『連合艦隊』で『群青』〔*31〕という、ピアノのメロディーがとても美しい主題曲でした。

太平洋戦争をテーマにするのは難しいと思いますが……、いつの日か、戦争をご経験されたお祖父《じい》ちゃんと孫の会話で物語を進めて、ラストに『群青』のような曲をピアノで生演奏する、ピアノ講談を創りたいという野望があります。

邪道って言われれば邪道ですが、ピアノ講談って銘を打つ公演には、今までの講談のご常連のお客様だけでなく、実際に初めて講談をお聴きになる女性のお客様にお出でいただけたので、「ああ、

これは続けていきたいな」と感じています。また、ピアノ講談と古典講談の2本立て、……例えば『赤垣源蔵 徳利の別れ』を申し上げると、新旧どちらのお客様のニーズにも応えることが出来る。講談という芸能は、可能性をもの凄く秘めています。こういう素敵な新しい演り方があるよ、一方で、400年前から伝わっているこういう素敵な古典があって、人情というのはいつの世も変わらないよ、と講談の魅力をお伝えすることが出来るのです。

でも、一つ困ったのが、うちの師匠は反対していたことです。

「お前は、基礎も出来てねぇのにな、新しいことなんか出来っこねえんだ。まずは基礎から演れ。ピアノ講談なんて、俺は許さねぇ」

って。こんなときは、

「だぁってぇ、演りたいんだもん!」

って、理屈ではなくて、弟子での反論でもなく、娘の心情を使い分けていました。アッハッハッ、……ズルい娘だね。

下戸の師匠（父）と、上戸の弟子（娘）と……

例の放送局の方から言われた一言で肩の荷が下り、わたしはありのままの自分で、したいと思うことを自由に出来る講談会を数多く企画し、経験を積んだのですが……、二ツ目になると打ち上げの場で自由にお酒が飲めるようになります。それが嬉しくって。打ち上げで先輩がとても良いことをおっしゃってくださり感激し、肝に銘じようと意を決するが、翌日になると、なぁんにも憶えていやしない。次こそは忘れまじと、打ち上げで賜った格言を携帯のメモ欄に打ち込む。翌朝、携帯を見ると、酔っ払って打ち込んでいるものだから、何が書いてあるのかサッパリ分からない。この繰り返しでした。だから、折角学んだ教訓も打ち上げでベロベロに酔っぱらって全部綺麗サッパリ忘れていました。アッハッハッ。親子会も打ち上げに連れて行っていただき、お酒が飲めない師匠の前でベロベロになって、

「……お前、二度と酒飲むな！　酔い方が酷過ぎる」

「へい、畏《かしこ》まりました。申し訳ございません。店員さん、すいません、お酒2合ください」

と、注文してました。

でも、わたしは正体なく酔っ払っても、一つだけ守っていることがある。それは、絶対に自分より年下や後輩に対してグズグズ絡んだりするのはしない。酒の席で幾らベロベロになっても、その一つだけを守っている信念があります。胸ぐらを摑んで絡むのなら、先輩と決めている。目上の人に絡む傾向があるんですよね。だからなかなか出世しないのか、アッハッハッハッ!!

ホラー番組がキッカケで、『四谷怪談』に着手する

2016年は、わたしとって大きな変化があった年になりました。まずはこの年の春に『北野誠のおまえら行くな。』というCS放送のホラードキュメント番組から、なんと！　四谷の於岩稲荷《おいわいなり》の撮影が許可されたので、於岩稲荷の中のお座敷で『四谷怪談』を読んでほしいとのお仕事依頼をいただきました。

タレントの北野誠さん[32]が怖い場所を訪ねる、長く続いている番組で、今回のサブタイトルが『心霊レジェンドお宅訪問スペシャル』ということで、お岩様を祀っている於岩稲荷に訪問して、通常は撮影が許されない、お岩様が使っていたとされる古井戸や、今でもお岩様が座っているといわれるお座敷に北野誠さん率いる心霊探偵団が潜入するというものでした。

於岩稲荷で四谷様の収録

折角だから、於岩稲荷のお座敷で『四谷怪談』の講談を聴きたいということになったのですが、番組的には講談師との繋がりがない。たまたま番組のプロデューサーのひとりの方が、わたしが前座時代に三遊亭兼好師匠の独演会の開口一番を務めさせていただいたときに講談を聴いてくださっていたのです。それで番組の監督に、

「二ツ目の貞鏡さんに声を掛けてみたら?」と、そのプロディーサーの方が提案してくださったそうで。

ある日、その監督から急にお電話をいただき、

「貞鏡さん、はじめまして。ところで貞鏡さんは、『四谷怪談』の講談、出来ますか?」

と、言われたときに、……実は、正直に言うと、『四谷様』は今まで申し上げたことがなかった。……が、そこは芸人の性《さが》。務めさせていただきたかったので、

「ええ、もちろん得意です。わたしの十八番です。わたしにお任せてください」

と、自信たっぷりに返事をし、それから急いで、宝井琴調先生にお願いして、『お岩様の誕生』のお稽古をつけていただきました。実は、テレビ収録の日が根多おろしだったんです。うちの師匠に教わらなかったのは理由があって……。

　怪談噺の中でも、特に『四谷怪談』は、思い入れが強く、七代目貞山も八代目も、絶対に『お岩誕生』とは言いません。『お岩様誕生』と必ず敬称を付けます。『四谷怪談』も、『四谷様』と申し上げる。というのも、七代目の貞山が大変に得意としており、いろんな場所で好評だったので、八代目の貞山は、『四谷怪談』、『四谷様』に関しては様々な想いもあったのでしょう。祟りを恐れていたのもあり、その生涯で一度も高座にかけていません。それを七代目の孫であるわたしが申し上げられる。しかも、北野誠さんの番組のおかげで、はじめて稲荷の中で申し上げられるというので、……最初は師匠も正直いい顔をしませんでした。

「……お前、大丈夫か?!」

『四谷様』に対して畏敬の念が溢れている師匠は恐れ多いと思ったのでしょう。「大丈夫か?」とは何度も言われましたが、

「挑戦させてください。勉強させてください」

と、粘り、それにまたとない機会だったので、2016年5月3日に初演、且つ、テレビ収録を、四谷怪談のご当地で務めさせていただきました。

　折角なので工夫させていただこうと考えて、……怪談に三味線や

太鼓を入れる講談師や落語家さんはいらっしゃいますが、いろんな種類の楽器を入れるのは、今までに聞いたことがない。講談をより、視聴者の方に目でも耳でもお楽しみいただきたいと思い付き……、様々な効果音を派手めに入れて、それで興味をもっていただいて、普通の講談を聴いていただけるようになれば、そのきっかけの一つになれば、わたしはいいと思ったので……。

以前から御縁のあった音曲の高橋香衣さんと事前に打ち合わせをして、三味線以外にもバイオリンとかいろんな音の出るものを駆使して申し上げてみました。お陰様で、番組のキャストの方、スタッフの方々にも好評で、あとから聞いたのですが、「講談の『四谷怪談』を、ご当地の於岩稲荷で聴いてみたい」と、当時、噂を聞き付けた怪談作家や怪談師の方々がロケに押しかけて来られたみたいです。於岩稲荷のお座敷の中で聴いていただいた出演者の中には、書籍の『事故物件怪談 恐い間取り』〔*33〕を出版される前の、松原タニシさん〔*34〕もいらっしゃっていました。

写真提供／廣川敬二

この数年は怪談ブームのおかげで、いわゆる怪談師の方々とご一緒に仕事をさせていただく機会がグッと増えたのですが、「この方の口調は、独特で面白いなぁ」と思ってお訊きすると、やっぱり貞水先生の口調を意識されておられたり、講談師が読む怪談の強さを改めて感じます。

講談の古典怪談は、怖いだけではなく、悲哀や美しさが際立ちます。『四谷様』なんて、何十人も続々人がとり殺されていきますし、その殺し方もお岩様は容赦ない。生首にしてみたり、鼠に齧り殺させたりと凄惨ですが、ただ怖いだけとか、気持ちが悪いのではありません。

人間は元々愚かな生きものであり、善心もあれば、誰しも悪心も持ち合わせているもので。自分もいつか、天に背く罪を犯してしまうかも知れない恐怖、身の回りでも起こりうる不安、悪いことをすると巡り巡って自分に返って来る因果応報……。自責の念に苛まれ、幽霊に魅せられて果てていくという人間の深層心理が、講談の『四谷怪談』には描かれていて、それが人々を引き付けているのではとわたしは思います。

そんな訳で、もしもあのとき、あの出演依頼がなければ、もしかしたら未だに『四谷様』には手を付けていなかったかも知れません。それだけ、格式が高く、思い入れの強い演目なのです。

於岩稲荷で怪談噺を収録した年の夏、年下の僧侶と結婚する

『東海道四谷怪談』という芝居にするときに、事実を180度捻じ曲げおどろおどろしい姿に仕立てられてしまったお岩様ですが、実

際のお岩様はとても美しく、夫婦仲も睦まじく生涯幸せに暮らした、まさに女性の理想像、女性の鏡であったそうで。そのことからお岩様は、良縁を結ぶ守り神様とも信仰されており、そのお陰様で、『お岩様誕生』の収録から3ヵ月後の2016年8月8日、わたしは結婚することになりました。

彼とは、2014年の4月27日に出会っていました。その前の日の26日にらくごカフェで勉強会があったのですが、この日は言い間違いが多く、ボロボロに落ち込んだ日でした。そのとき申し上げたのは、『酒店岡野の絵図面取』〔*35〕という『赤穂義士銘々伝』。お客様がお時間を費やして折角たくさん来てくださったのに、……申し訳なくて、悔しくて……。こういうとき、わたしは暫く眠れなくなってしまう性分で。

その翌日は上野のお寺様に呼んでいただいたのですが、上手く気持ちを切り替えられず、「今日は昨日よりも少しはマシに出来るように頑張ろう」と思いながら高座に上がりましたが、この日、お寺のお手伝いに来ていたお坊さんが、後《のち》の夫になる人でした。

この日は、約50名様のお坊さんたちにわたしが、お坊さんに纏わる講談を読むという、何とも緊張する会だったんですが、必死に申し上げたその日の晩、彼からSNSのメッセージが来て、

「今日、3列目の右端に座っていた坊主ですけれども、俺のこと、分かりますか?」

って。正直分かる訳ないじゃないですか! 皆、お坊さんなんだから。だけど、わたしも芸人だから次に繋げようと思うので、

「もちろんです! 一際後光《ひときわ》がさしていたので分かります」

って、適当に話を合わせて、

「よかったです。今度、よかったら、俺のお寺にも来ていただけませんか?」

というところから、メッセージのやり取りがはじまりました。が、この頃はまだ、〝貞山の娘でいなければならない〟という意識が凄くあるときだった。なので、色恋の変な噂を立てられるのは真っ平御免と、慎重になっていて、暫くは会いもしなかったし、メッセージが来ても3回に1回ぐらい返すような感じで、ビジネスの質問が来たときだけ返信する程度のやり取りでした。

しかし彼は懲りもせず、空気を読まず、次々と連絡が来る。もしわたしだったら、一度でも既読スルーをされたら、「あ……、脈なしかな……。迷惑になっちゃうから、もう連絡するのやめよう」と諦めますが、彼はいかがなる訳か、わたしが既読スルーをしてもドンドン連絡が来る。

暫くすると、「ご飯行きましょう」ってずっと言われるようになり、「まぁ、一度ぐらいはいいかな」と思いはじめて、出会ってから1年後にはじめて2人で会うことになりました。

ご飯を食べに行ったら図らずも意気投合、その後、飲みに行ったりもするようになり、ほどなく付き合うようになって、ほどなく結婚、という感じです。

ここだけの話……、最初は全然タイプじゃありませんでした。わたしは、スラッとした役者顔の優男《やさおとこ》が好きなんですが、彼は身体がガチムチの筋肉マン。わたしは身長165㎝なんですが、彼に、

「身長何㎝?」

と、訊くと、

「俺、167㎝!」

と、毎回答えるのですが……、立って喋ると目線がわたしより確実に下なんです。162㎝ぐらいだね、きっと。

ただ、わたしが非常に思い悩むタイプで、よく周りの親しい人から、「そんなことを気にしているの? そんなことは誰も気にして

いないよ」

　と、言われることが実に多いのですが、……でも、それはね、うちの師匠にも言えることでもあって、うちの師匠は下着に一本でもシワが入っていると、凄く嫌がっていたんですよね。だから、下着にもアイロンをかけて、ピシッとした状態で高座を務めたいんです。下着はピシッとしてるのに、上のワイシャツにシワがついていても気にしないという、よく分からないんですよ、その境界線が。だけど自分の拘りや執着するところって凄くあって、こちらからすると、

「見えない下着のシワなんてどうでもいいじゃん」

　って、思うのですが、師匠からすると凄く気になる。その感覚がわたしにもあって、皆から「そんなことを気にすることはないよ」

　って、言われながら、ずっと気にしてしまうのです。

とても大きく見えた貞山先生にビビリながらお茶を出す前座時代の兼好

イラスト提供／三遊亭兼好

　例えば、演芸会の主催の方が、「今日はお客様が少ないね」と言われると、「わたしのせいかな」と、あらぬ憶測をしてしまったり、お客様に、「今日、面白かった！」とおっしゃっていただくと、「じゃあ、前回はつまらなかったのかな……」と考えてしまうことも……。

　ところが主人は、わたしの真逆で、

「大丈夫！　そういう細かなところに気付けるのは皆に出来ることじゃないし、強みだよ！　凄いね！」

　と、認めてくれる。うじうじ悩む自分も拘りが強い自分も、「大丈夫！」と背中を押して揺るぎなく構えていてくれる。わたしも、「そうかな……、そうかな。……そうだよね、そうだよね！　大丈夫だよね？」と、何度も救われました。

　しかし、彼はお寺の出身だから、いずれはお寺を継ぐことになります。お寺のご住職と結婚をした女性は大抵、仕事をやめてお寺に入って従事されることが多く、いつもお寺に居て、お檀家さんのご対応や、お掃除、見えない仕事を含め、お寺のこと一切をするというのが昔からのお寺の奥様の習いだったそうで。

　でも、八代目貞山の跡継ぎはわたし。彼からプロポーズされたときに、

「わたしは講談を一生やめません。あなたはお寺を継ぐのが仕事です。わたしは講談を継ぐのが仕事です。何があっても講談はやめません。それでも大丈夫？」

　って、言ったら、彼が急に泣き出したんです。……ああ、やっぱり、お寺に入って仕事やめて欲しかったんだろうなと思った次の瞬間、

「ありがとう。……俺は貞山先生の講談が何よりも好きなんだ」

　彼はわたしの師匠の講談をとても好きでいてくれたのです。

「貞山先生の芸を継げるのは、貞鏡さんしか居ないから、絶対に何

があっても、誰から何を言われても、講談をやめないでね。よく言ってくれた。ありがとう。……もし、檀家さんや親族から、『お寺のことをもっとやれ』って言われたら、俺が風除けになるから」と、言ってくれました。「……この人だったら大丈夫だろう」と思い、結婚を決めました。

……って、こんな馴れ初めのエピソードを書くと、さぞかしラブラブの夫婦だと思われそうですが、昨日も深夜3時まで胸ぐらを摑んで、取っ組み合いの喧嘩をしていたんですよ、だから寝不足で。アッハッハッ。

結婚して1年後、第1子長男が誕生。不器用な父は、「なんだ、ちっちぇなあ」と呟きながら、赤ちゃんのほっぺをツンツンして、わたしには見せたことのない顔をして喜んでくれました。

一方、女性の講談師が子供を出産すること……、いや、それ以前に働く女性が出産することに、これほど世間の理解が得られないのかと愕然としました。

子供は授かりもの。なので、いつ授かれるかは分かりません。しかし、わたしたちの世界は1年、2年先の予定が入っていることもあるので、妊娠によってはその予定を変更していただくことになります。長男の妊娠が分かったときも、出産予定日の近くに高座の予定をいただいていたので、すぐに関係者に、

「このたび妊娠をいたし、4月が出産予定日となりました。……3月に折角出番をいただいておりますが、ご迷惑をおかけしてしまい、大変申し訳ございません……。」

と、申し上げたところ、

「……はぁ？　何してんですか？　困りますね。そんなのではもう復帰しないんでしょう？　もう、戻ってこられないんでしょう」

と、おっしゃった方もいらっしゃいました。

ご迷惑をかけてしまって申し訳ない気持ちと、妊娠による女性ホルモンの乱れからか涙が止まりませんでした。

妊娠は約9ヵ月前には分かるので、それからは公演日の半年前に、ご依頼を正式にお約束するようにしていますが、それでも子供を産むたびに関係者の方にご心配、ご迷惑をかけてしまうこともありますし、嫌な顔をされる方も多く、中には、

「子供をそんなに何人も産んで、仕事なんて絶対に出来るはずがない。講談か子供か、どちらか諦めなさい」

という方もいらっしゃいました。そのたびに、

「無理かも知れませんが、精進いたします」

とにっこりの笑顔で返しておりますが、胸の内では、「絶対にお腹の子の命を守り、家族を守り、産前より力を付けて高座に復帰するぞ！」と、思うようにしています。

妊娠報告をして責められる風潮を少しでも変えていかないと、仕事をしながら子供を産み育てたいという女性は増えませんよね。

父からの電話で真打昇進を知る

2019年末から、日本はコロナ禍に襲われた。東京都が緊急事態宣言を出し、多くの演芸イベントや、講談会が中止となり、寄席が閉鎖した。秋にわたしは第2子を妊娠した。明けて2020年、コロナ禍が続く中、7月に第2子の長女を出産する。また、秋に第3子の妊娠が分かり、コロナ禍のあいだに子供を2人授かることになった。第2子の出産後はコロナ禍でも開催してくださる会をマウスシールドをしながら精一杯務めさせていただきました。翌2021年4月、わたしは父からの電話で、2023年に真打に昇進させていただくことを知る。講談協会理事会で決定してくださった

一龍斎貞鏡の芸道を見つけ、結婚を経て出産へ。コロナ禍が世界を襲い、父との最期の別れが叶いませんでした。

のです。

第一声、

「おう、やったな。お前、再来年、真打昇進が決まったぞ。やったな」

「え、えー！　ありがとうございます」

「おめでとう」

「これから忙しくなりますが、いろいろご指導の程をよろしくお願いします」

「おお、身体を大事にな。……おめでとう」

短い会話でした。そのあとも、コロナ禍で講談会はキャンセルが続き、わたしは間もなく第3子の臨月を迎えようとしていた。

父・八代目一龍斎貞山の死

真打昇進の知らせを電話でいただいたすぐあとの2021年4月26日、二ツ目だった宝井梅湯《うめゆ》さん［*36］から電話が入った。

「あの、今、貞山先生が高座を下りられたんですが、……ちょっと具合が悪くて立ち上がれなくなっちゃったんです。……どうしますか？」

急に言われたので慌てて、

「すぐに駆けつけるから、そこに居ていただいて……」

と、答えたところ、師匠がすぐに電話を替わって、

「……お前、間もなく臨月なんだから、こっちのことなんか気にするな。大丈夫だから。赤ん坊のことだけを考えてろ」

「いや、そんなこと言われても心配だから……」

「いや、いいから。切るぞ」

と、電話が切れた。この頃、わたしは切迫早産で入退院を繰り返していた時期でもあり、自宅から会場まで車でも1時間半はかかってしまうので、「どうしよう？」と右往左往していました。すると間もなく、師匠と懇意にしている、ご贔屓のお客様が、師匠の自宅までタクシーで送ってくださるとの電話が、そのお客様から掛かってきた。

状況を聞いて一旦は電話を切り、師匠の携帯に電話したがつながらなかったので、その送ってくれたお客様の携帯電話に何度も連絡し、

「師匠の様子、どうですか？」

「ああ、大丈夫だよぉ」

なんて、話していたら、師匠がすぐ替わってくれて、

「ああ、悪《わ》りぃ、悪りぃ、大丈夫。心配するな。赤ん坊は大丈夫か？　とにかく赤ん坊のことだけを考えろ。じゃ、また連絡する」

……これが、師匠との最後の会話になってしまいました。間もなく師匠が緊急搬送された知らせを受け、医大病院に駆けつけたのですが、コロナ禍で面会が厳しく制限されている時分だったので、面会が出来なかった。

「じゃぁ、どうすれば……、何かあったらすぐに知らせてください」

と、病院にお願いをしていたのですが、待てど暮らせど連絡がない。居ても立ってもいられず、迷惑は承知の上、連絡したところ、

「意識は戻りません。面会は出来ません」の答え。

その後、「一時的に意識が戻り、そのときの第一声が、

「靖世、……靖世に会いたい。娘を呼んで来い」

という言葉だったということを母から聞いたのは、皮肉にも父の葬儀の日でした。生死の境を彷徨った師匠が、一時的に今生に戻って来た第一声が、「貞鏡に会いたい」ではなくて、本名の「靖世に会いたい」。師匠と弟子ではなく、最期に父と娘に立ち返ったと思うと……、このときの感情は未だに言葉に出来ません。


死因は、心不全という説明だった。実は、師匠が心筋梗塞で倒れたのは、今回が初めてのことではない。わたしが入門してから倒れたことが5回もあり、その都度バイパス手術やカテーテル手術を受けていたのです。それまで倒れたときには、必ずわたしが隣に居たので、わたしは救急車の手配に慣れていた。快復した師匠が、

「お前と一緒のときに限って倒れるなぁ」

と、冗談交じりの軽口を叩くほどでした。

わたしが居るときに倒れると、いつも救急車の中でわたしが師匠の手を握っていた。病室に面会に行って、「絶対に大丈夫ですからね」と励ましていた。「家族の絆の力って計り知れない力がある」と思ったのは、危ないときでも師匠の手を握って、

「大丈夫だよ! 父ちゃん!」

と言うと、急に心電図が跳ね上がって、意識を戻したこともあった。家族の温もりや声掛けってとても大事なことなんだと痛感していた。

今回はコロナ禍で、それが出来なかった。一度も師匠と面会することが叶わなかった。

これほど近しい人、愛する人を亡くすことが初めてのことで、わたしは呆然としてしまい、ポカンとしていた。側《となり》にいた夫が震えながら号泣していても、わたしは涙を流すことすら出来なかった。師匠の死を心が全く受け入れられずにいた。

霊安室で主治医から師匠の病状の説明がありました。

「あの……、亡くなられた小村井貞夫さんは、講談……、喋るお仕事をされていらしたんですよね?」

「……はい」

「倒れられた日も、凄く長い時間喋られていましたか?」

「ええ、独演会だったので、1時間半から2時間は喋っていました」

「私は心臓の専門なので、今までに何百人も心臓を患った人を診ているのですけれども、……こんな患者さんは初めてです」

「……え?」

「小村井さんは、普通の心臓の半分も動いていませんでした。本当に苦しい心臓で、血液も全然循環していない状態がずっと続いていたとみられます」

「……」

「講談って、凄く大きな声で喋るんですよね。あんな体力を使う仕事で90分以上もこの心臓で喋り続けたってことが、信じられません。こんな患者さんは、初めてです」

こう、言われた瞬間、初めて涙が出た。心筋梗塞を患ってから、ずっと半分しか動いていない心臓で、わたしを弟子にとったからにはと、背中を見せてくださっていたのです。わたしは膝から崩れた。その感情の揺さぶりで、なんとその場で陣痛が始まってしまいましたが、出産予定日よりも3週間ほど早く、まだ小さいようだったので、

「今生まれると、赤ちゃんの命が危ない」

と、先生に言われて、陣痛を抑える薬を投与されて、わたしはそのまま入院することになりました。

翌朝、陣痛が治まりベッドで点滴を打ちながら、わたしは協会やメディアに師匠の死を知らせる前に、師匠と生前、特に親交の深かった宝井琴柳先生と琴調先生にお電話をした。琴柳先生にご報告した後に、琴調先生にお電話をしたら、長い沈黙の後に、

「お疲れ様……。よく、仕えてくれたね」

と、おっしゃってくださいました。講談の根多の多くが武士の世界観、人情を読む講談師にとって、師匠と弟子というのは、殿と家来に匹敵する関係ですので、〝仕える〟という言葉を琴調先生が選ばれたのです。「よく、仕えてくれたね」。この言葉が胸に迫りました。

コロナ禍での葬儀は慌ただしかった。5月26日の17時に亡くし、28日には葬儀でした。わたしは産婦人科医に事情を話し、陣痛を抑える点滴をしながら一時的に退院させてもらい、葬儀に参加しました。父の母親であるお千代おばあちゃんと同じ品川の火葬場に向かうことになりました。出棺のときに、兄と「師匠の講談のCDを流そう」という話になりました。棺にお花を入れて、霊柩車に棺を乗せる出棺のとき。この時に、ちょうどかかったのが、『戸田川のお紺殺し』という怪談噺で、「殺せ、殺せ、殺せってんだ、畜生」という師匠の台詞。

「イヤ、怖すぎるでしょ」

と、兄と二人でお腹を抱えて笑って、「じゃ、またねぇ！」って、涙、涙で送るべきところを、笑って送りました。

そのあとは、切迫早産の症状がぶり返して、入退院を繰り返し、2週間後に元気な次女が生まれてきてくれました。

新生児が生きる力を与えてくれた

師匠の葬儀から出産までのあいだは、ひとり病室で感情や生きる意欲を失ってしまったかのような日々を過ごしていました。ただ、もうすぐ生まれる赤ちゃんがお腹の中で動き回るのを感じると、何か食べないといけないと思い、全く食欲はないけれど胃に流し込むように食事をとっていました。

赤ちゃんが生まれてきてからは、赤ちゃんが追い込んでくれました。授乳とおむつ替えで、3時間おきに泣く生活がはじまったので、いい塩梅に赤ちゃんが哀しみを忘れさせるように忙しくさせてくれたんですね。この出産がなかったら、わたしはもっとずっと長いあいだ落ち込み、高座にも上がれなかったのかも知れません。

「何もしたくない」と思っても、目の前にバブバブ泣いている赤ちゃんが居る。上の子たちもまだ幼いので、貞山じじが死んだこともよく分かっておらず、半ケツを出して笑い転げている。目の前の愛おしい存在を見たときに、「師匠もこういうふうに、わたしのことを思ってくれたのかなぁ」と思うことが増えてきて、「ああ、いつまでもめそめそしてちゃいけないね」と気づかせてくれたのが、このときの赤ちゃん、そして子供たちの存在でした。

お千代おばあちゃんの縁で講談に復帰する

出産から1ヵ月後、毎年7月にお声を掛けていただいているお寺様で高座復帰をしました。

六代目の神田伯龍先生、わたしの義理の祖父が、わたしの祖母のお千代おばあちゃんと結婚したことは前に説明いたしましたけれど、そのお千代おばあちゃんはとても文才のある方だったので、

『日蓮上人御一代記』の古典講談を、平成の時代に分かり易いように書き直していたんです。それを夫の神田伯龍先生がいろんなお寺様で講談を披露したら、次々と御縁が広がり、……北海道から九州までいろんなお寺様で公演するようになり、その御縁で八代目貞山も日蓮宗のお寺様によく伺うようになりました。そして、その御縁の続きで、わたしも日蓮聖人の講談を読ませていただくようになり、その御縁で、夫と出会うことにもなりました。

お寺様とは、お千代おばあちゃんの文才での御縁ですし、小さい頃に何よりも楽しみだったのが、家族とお出かけするお千代おばあちゃんのお墓参りだったり、今の家族でもそのお墓に行って、長男が頑張って草むしりをしてくれたりと、……脈々と繋がっているものを感じますね。

夢に出て来た車椅子姿の八代目貞山

5月に師匠を亡くした2021年末の張扇供養の場で、わたしの真打昇進は予定通りという運びとなり、翌2022年を迎えました。真打披露までまだ1年以上あり、コロナ禍もだいぶ落ち着いてきたので、講談の根多を増やしながら、真打披露、真打披露興行の準備を進めました。

慌ただしい中でも師匠貞山の生き様を想っては、「やっぱり最期まで武士だったなぁ」と誇りに思っていました。

師匠は生前、

「俺は、弱った姿をお客に見せるのは絶対に嫌だ。車椅子にも乗らねぇぞ」

と、よく言っていて、たとえ具合が悪かったとしても、「高座では、お客様の前では一切出すな」とよく申しておりました。

そんな師匠を亡くしてしばらく経ったある日、師匠が夢に出て来たのですが、……あれ？ どこだか分からないけれども、どこか煌びやかな会場で、師匠が車椅子に座っている？

「師匠……、どうされたんです？『弱った姿を見せたくない』、『車椅子なんか、死んでも乗りたくねぇ』って言っていたのに、何で乗っているんですか？」

と、わたしが何を訊いても師匠は何も言わずずっと車椅子に乗って、ニコニコニコニコ微笑んでいるだけ。ここでわたしはハッと目が覚めて、「……やっぱり、夢か。……もう居ないんだもんね」と、明け方の寝床でめそめそ泣いていました。

するとその数時間後、急に知らない番号から電話がかかって来て、出たところ、

「文化庁の者です」

「……はい？」

「あなたが参加された文化庁芸術祭［*37］の大衆芸能部門で、貞鏡さんが新人賞を受賞されました」

「……え？ えッー！ 本当ですか!? ありがとうございます」

泣きながら、すぐに師匠のお墓に報告に行きました。こっちは夢じゃなくて本当によかった。前述したとおり、わたしは人と比べられたり競い合ったりするのが非常に苦手ですが、師匠が急逝し茫然自失とする中で、ここで踏ん張ろうと、芸術祭に初めて挑戦し、生前、師匠が最も大切にしていた軍談・修羅場の演目で賞を賜りました。

その贈呈式が、2023年2月に行われたのですが、その日、初めて行くホテルの会場が、どういう訳だか見覚えがあるのです。そこでハッと思い出したのが、新人賞受賞のご連絡のお電話をいただいた日の明け方に見た夢で、車椅子に座った師匠がニコニコ笑って

いた会場が、なんとこの会場だったのです。

こんな不思議な経験は初めてでした。「師匠が、車椅子に乗ってでも、この贈呈式に来てくれたのかなぁ……」と思うと、贈呈式で涙がとまらなくなってしまって……、二重の意味で嬉しい涙でした。

わたしに関わってくださった 全ての方に助けていただいた真打昇進

わたしが真打昇進をさせていただく半年前の5月に第4子を出産。新生児と未就学児4人の育児をしながら昇進の準備を始めました。覚悟はしていましたが、想像を絶する毎日でした。

その中で、真打披露の番頭［＊38］を務めてくれた貞奈さん［＊39］を始め、後輩たちが本当に献身的に支えてくれました。芸界の大先輩方も、憧れの先輩方も、あんなにもお忙しい方々が、スケジュールを調整してくださり、尚且つ、お返事の早いこと。ご招待状をお出しするとすぐに、「行くよ。身体に気を付けて。楽しみにしています」と、お返事をくださり、どれだけ励みになったことでしょう……。ご自身も真打昇進をご経験されておられ、通って来られた道なので、「先輩からこんな言葉を掛けていただけると嬉しい！」、「お返事を早めにいただけるととても助かる」など、分かってくださっていらっしゃり、それをずっと後輩のわたしにしてくださったのです。また、披露宴でも誠に有り難くもご祝辞を賜りました。落語芸術協会会長の春風亭昇太師匠、当時の落語協会会長の柳亭市馬師匠、講談協会会長の宝井琴調先生、そしてフリーアナウンサーの徳光和夫様。更には夢にまで見た市馬師匠の『俵星玄蕃』、林家たい平師匠のお歌、そして花火。玉川太福先生とみね子師匠の『新作浪曲・一龍斎貞鏡半生記』、鏡味社中のお囃子、獅子舞と、震えるほどの錚々たる大先輩方に出演をご快諾賜り、盛りに盛り上げていただきました。

不思議なことに子供たちも、真打披露宴や、真打披露興行の前には、一切熱を出さないでくれました。興行の前日や当日に誰かひとりでも熱を出してしまったら看病で身動きがとれなくなってしまうのが現実で……。子供たちも夫も本当に協力してくれました。そして、日本全国から駆け付けてご来場賜りました満場のご贔屓のお客様。

真打昇進時は正直、死ぬかと思うほどの目まぐるしさでした。しかし、それを遥かに凌駕するほどの人情と幸せに包んでいただき、わたしに関わってくださるすべての方に助けていただき、支えていただき、お陰様で務めさせていただくことが叶いました。心から深く感謝しております。

＜注釈＞

張扇供養［＊01］……毎年12月28日、東日本橋にある薬研堀不動院にて張り扇の供養としてお焚き上げを行っている。張扇とは講談を読む際、調子を整えるため釈台を叩く専用にそれぞれの講談師が和紙などで作るもの。

正絹［＊02］……絹100％で織られている生地。

上野広小路亭［＊03］……お江戸上野広小路亭のこと。1996年開業の両国亭同様永谷グループが運営している寄席。上野広小路交差点角にある。落語芸術協会の昼の定席が毎月1日から15日まで行われ、また落語立川流の夜定席は毎月11日から15日まで行われている。講談は毎月2日の定席＋数日の会があり、浪曲の会は不定期で開催されている。

貞水先生の学校公演［＊04］……日本芸術文化振興会が選定した芸術や芸能の団体は定期的に日本全国の小中学校を訪問し体育館などでの巡回公演を行っている。六代目一龍斎貞水は毎年何人かの各種演芸人と共に座を組んで各地を巡回していた。

旅のお仕事［＊05］……講談師や落語家には日本全国各地から公演（学校公演も含む）の依頼がある。特に六代目一龍斎貞水先生ほどの人気講談師であれば多かったことだろう。

『講談協会』［＊06］……1980年設立の関東の講談師による団体。日本演芸家連合に加盟している。初代会長は五代目宝井馬琴。2023年より会長は四代目宝井琴調が務めている。

『日本講談協会』［＊07］……1991年二代目神田山陽が〝講談協会〟の運営方法に異議を唱え、一部の弟子たちと独立し設立した。現会長は神田紅。多くの協会員は落語芸術協会にも所属している。

『落語芸術協会』［＊08］……公益社団法人落語芸術協会のこと。昭和5年春風亭柳橋ら新作落語派たちが設立。現会長は春風亭昇太。

『落語協会』［＊09］……一般社団法人落語協会のこと。大正末期に東京の落語家たちが設立、昭和52年社団法人となる。現会長は柳家さん喬。

『江島屋騒動』［＊10］……三遊亭圓朝の作品。江島屋という古着屋はまがい売で金を儲けている。ところがこの店のまがい物のおかげで死に追いやられた母娘の恨みが店中を恐怖におとしいれてゆく。

『耳なし芳一』［＊11］……小泉八雲によって知られるようになった怪談。盲人の芳一は琵琶の名人で〝平家物語〟が絶品との評判。ある夜芳一の元へ高貴な方の前で平家物語を語ってくれという武者が来た。実はこの者、戦いに敗れた平家武士の幽霊だったのだ。

「蜘蛛の糸」［＊12］……細く切った紙テープを握りこんでおいて投げると、まるで蜘蛛の糸が広がったような効果が出る小道具。

林家正楽師匠［＊13］……三代目林家正楽。紙切りの師匠。1967年林家小正楽に入門し一楽。1988年師匠の前名である小正楽を襲名。（師匠は二代目正楽襲名）2000年三代目林家正楽を襲名。陽気な芸風で人気を得ていた。2024年逝去。

楽屋働き［＊14］……寄席や落語会、講談会などの楽屋でのこまごまとした仕事全般。師匠方の着物を畳んだり、お茶を入れたり、掃除をしたり等々、八方に気を配り働くこと。

めくり［＊15］……寄席や講談会、落語会で舞台の袖近くに掲げる芸人の名前を書いた紙。大体は幅2～30cm、高さ100cmくらいの短冊状の紙。これに寄席文字という独特の書体で名前が書かれている。またこれを掲げる木枠もしくはT字形の台は高さ150cmほどである。出演者が交代するごとに前座がこれをめくって芸人の名前を観客に見せるようにする。

座布団返し［＊16］……寄席や講談会、落語会では、出番の済んだ師匠が袖にはけた後、高座の座布団をひっくり返して次の師匠の為に準備をする。〝高座返し〟とも呼ぶ。

お囃子の太鼓［＊17］……講談の定席でお囃子はない場合が多いが、落語の寄席や落語会に出演する場合の講談師は出囃子にのって袖から登場することがある。落語では必ずどの師匠にもそれぞれの出囃子があるので、曲によって太鼓の手を覚えなくてはならない。落語の定席で前座修業をする場合は必修科目となる。

『篝火』［＊18］……四谷にあった居酒屋。

三遊亭楽生師匠［＊19］……1997年六代目三遊亭円楽に入門し楽花生。2008年真打昇進し三遊亭楽生に改名。

『前座勉強会』［＊20］……講談協会が主催する前座のための勉強会。お江戸両国亭でおおむね毎月に1～2回開催している。

らくごカフェ［＊21］……神保町にある落語や講談など専門のライブ・スペース。ほぼ毎日落語会等が行われている。また落語や話芸に関する書籍やCDなども閲覧でき、ドリンクなども楽しめる。

内幸町ホール〔*22〕……ＪＲ新橋駅から歩いて数分の場所にあるホール。２００人ほどの客席で演芸関係のライブが多く行われている。

前乗り〔*23〕……遠方などで仕事がある場合、当日に交通機関のトラブルによる仕事への影響が出てしまうことを防ぐため前日に現地入りすること。

『笑点特大号』〔*24〕……ＢＳ日テレで毎週火曜日夜に放送されているバラエティ番組。２０１３年に開始以来地上波の「笑点」でオンエアできなかった場面や若手メンバーによる大喜利を中心に制作されている。

小傳次師匠〔*25〕……柳家小傳次。２０００年柳家さん喬に入門しさん市。２００３年二つ目に昇進し喬之進に改名。２０１５年真打昇進し柳家小傳次。

柳家㐂三郎師匠〔*26〕……２００５年柳家さん喬に入門し小ぞう。２００９年二つ目に昇進し小太郎。２０２１年真打昇進し柳家㐂三郎。

引き事〔*27〕……講談の本筋ではなく、登場した人物や言葉に関するうわさ話やもしくは思いついた冗談などを巧みに織り交ぜてお客を飽きさせない工夫。

香盤〔*28〕……元は歌舞伎などの出演順。落語や講談界では身分の序列を表す基準、階級のこと。通例は入門順で決定する。

宝井琴星先生〔*29〕……１９７３年四代目宝井琴鶴に入門し琴鉄。１９７９年同名のまま二つ目。１９８５年真打昇進し宝井琴星に改名。題材を日本国内に限らず扱う新作講談を数多く作り、後進の講談師たちも琴星作品を読む機会が多い。

上手側〔*30〕……客席からステージを見る場合はステージの右側。

『群青』〔*31〕……谷村新司の作詞・作曲・歌唱による１９８１年の映画『連合艦隊』の主題歌。叙情的な悲哀に満ちた詞とメロディでヒット曲となった。

北野誠さん〔*32〕……お笑いタレント、松竹芸能所属。１９５９年生まれ。学生の頃からテレビのお笑い素人参加番組で優勝し、卒業後プロになった。１９８１年映画『ガキ帝国』で注目を浴びる。その後『探偵ナイトスクープ』出演を契機に全国的な活躍を始めた。２０１１年からはエンタメーテレの『北野誠のおまえら行くな。』シリーズなどが人気である。

『事故物件怪談　恐い間取り』〔*33〕……お笑いタレント松原タニシが実体験を元にして書いたノンフィクション書籍（二見書房）。及びその書籍を原作に映画化した作品。

松原タニシさん〔*34〕……北野誠の番組企画で幽霊の出るという事故物件に住むことになり、以来そういう物件に住み続ける〝事故物件住みます芸人〟という肩書で現在も活躍中。

『酒店岡野の絵図面取』〔*35〕……赤穂義士の一人、岡野金右衛門が江戸の酒屋で働きながら吉良屋敷の絵図面を手に入れようとする演目。吉良邸の普請をした大工の娘がこの金右衛門に恋をすることを背景に物語が進む。

宝井梅湯さん〔*36〕……四代目宝井金凌。２０１０年五代目宝井琴梅に入門し梅湯。２０１５年二つ目。２０２４年真打昇進し四代目宝井金凌を襲名。

文化庁芸術祭〔*37〕……文化庁が毎年秋に主催する芸術の祭典。１９４６年から開始され参加ジャンルは音楽、演劇、大衆芸能、舞踏、テレビ他多岐にわたる。参加公演は審査がなされ〝文部科学大臣賞〟を贈賞しており、この賞のことを一般に「芸術祭賞」と呼んでいた。ただしこの参加公演という形式は２０２２年で終了し、現在は文化庁の主催公演のみ。

真打披露の番頭〔*38〕……真打披露をする場合、披露興行や披露パーティの段取りなど披露に関する雑事全般にわたって差配する役目が必要で、これを番頭と呼んでいる。

貞奈さん〔*39〕……一龍斎貞奈。２０１５年一龍斎貞心に入門し貞奈。２０２２年二つ目。

親子３人で行ったカラオケ！

コラム column 張扇の噺

さあさぁ、御用とお急ぎでない御方は是非読んでいってくだされよ。手前がとり出したるこの扇は、講談師の必須アイテム『張扇』と申すもの。その作り方、打ち方、供養の仕方をとくとご覧くだされ!

わたくし貞鏡は、「ここぞ!」というときには、師匠の形見の張扇を持って高座に上がっています。それほど、講談師にとっては大切なものなのであります。

「張扇って、どこで手に入れるのですか?」と、お客様から訊かれることがよくありますが、実は講談師が自分で作っているのです。そして竹と和紙で作った張扇を一年間打ってお世話になると、年末に東日本橋の薬研堀不動院でお焚き上げの供養をしていただきます。

◆八代目貞山の張扇について

本来、張扇は講談師が自分で作って、自分で使うものなのですが、宝井琴柳先生が張扇作りの名人でもいらっしゃり、竹を自分で採って来られて、ナタで割り、熱して真っすぐにして、一から作られます。わたしの師匠は、琴柳先生が一つ後輩であるのをいいことに、琴柳先生に毎年作っていただいていました(笑)。その張扇は、祖父の七代目貞山と同じ寸法で作っていただいており、神田派の太めの寸法に比べると、細めの張扇です。

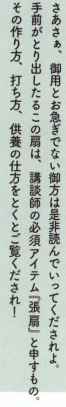

◆張扇の作り方

わたしは不器用なので、張扇作りは上手ではありません。でも、いつか上手くなると信じて作るようにしています。自生している竹を採って来て、ナタで割るところまでは、夫にやってもらっています。七代目貞山から伝わる張扇の長さは九寸五分。武士が切腹するときの刀と同じ長さに合わせて切ります。七代目は、「刀は武士にとって魂、張扇も講談師にとって魂」という考えであった為と聞いています。そうかと思えば、六代目神田伯龍先生は張扇を持たずに高座に上がられておられました。

寸法を整えた竹を台紙に貼ります。この台紙も七代目の張扇と同じサイズで、張扇を作る度に、同じ大きさの台紙を新たに切り出します。

竹を貼った台紙に和紙を巻き付けます。この和紙は、茨城県で作られた西ノ内紙という手漉《てす》き和紙。この和紙が強靭で最も張扇に適していると、昔から伝えられています。けれども、近頃は全然出回らなくなっちゃった。在庫が無く、今まで販売していたお店で買えなくなってしまったので、今は何とか、西ノ内に代わる和紙を探しているのが現状です。

六代目一龍斎貞水先生は、親骨に竹の芯が1本通っている、日本舞踊やお祭りの扇子で張扇をお作りになっておられました。それだと台紙に竹を貼る工程がないので、その方法で張扇を作られる講談師もいます。本当に張扇の大きさも作る方法も千差万別です。

上方の講談師は、鹿革なのかな？　革で出来た張扇を使っていらっしゃる方もいますね。音もパァーンッて弾けるような感じで、全然違いますね。和紙はしっとりと、ピシッ、ピシッという音です。

また、講談師の体格によって同じ張扇でも音が変わるので、張扇は楽器だと思うことがしばしばです。

張扇の由来は諸説ありますが、一説には、関ケ原の合戦で負けた武将たちが、糊口を凌ぐために始めたのが辻講釈だったので、道行く人々の注意を引き付けるために、張扇を使用したとも言われています。

◆張扇を打つタイミング

張扇を打つタイミングもよく訊かれます。基本は場面転換で打つといいますが、実は特に決まっておりません。自分の調子と呼吸に合わせて打つものとされていますが、ご一門によっては台本に、「ここで打つ」と記されていたり、口調のイントネーションを上げるところまで決められているご一門もあるそうです。

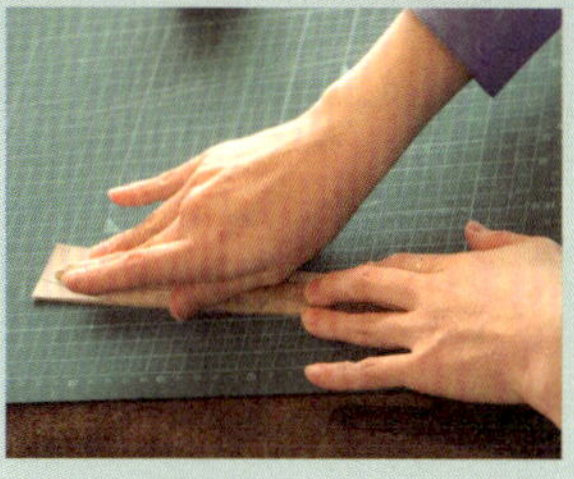

写真提供／ヤナガワゴーッ！

◆張扇供養について

講談師の魂である張扇は元日に手作りし、1年間お世話になった張扇を講談発祥の地である薬研堀不動院で毎年12月28日にお焚き上げをしていただくという大切な行事の張扇供養。

わたしが入門を許され最初に伺った講談の行事は、この、張扇供養でした。こんなにも大切な行事だったのに、何も知らないから、ミニスカートとハイヒールで出かけて、大変お叱りをうけた思い出が強く残っていますね。アッハッハッ。

真打に昇進すると、名前入りの提灯を飾っていただけるようになるのですが、これが嬉しいのなんの。感慨無量です。

【第六章】貞鏡七変化

〈変化・其一〉

普段着の昼下がり

着物は高座の衣装です。日常生活を送る普段のファッションは、こんな感じです。今は子育てといただいた高座で忙しく、のんびりと読書する時間はとれませんが、元々小さいときから読書と文章を書くのが好きだったので、育児が少し落ち着いたら、こういう時間をまた作りたいなぁ。

〈変化・其二〉

趣味・酒！

七代一龍斎貞鏡のわたしは、お酒が大好き！ 飲むならしこたま飲みたいし、飲まないなら一滴も飲みません。本当は終演後に打ち上げに行って、ベロベロになるまで飲みたいですが、子供たちと一緒にとる夕食後の時間を大事にしたいので、この数年間はほとんどお酒を口にしていません。なので、今となっては貞鏡の珍しい変化の一つです。

変化〈其三〉

母ちゃんの顔はどんな顔？

家族が大好き！　講談は、祖父と父がわたしに遺してくれた大切な贈りもの。家族は、ママに生きる力を与えてくれるかけがえのない贈りもの。どちらも宝物です。

講談と家族を２本柱に人生を歩んでまいります。

変化〈其四〉

浴衣姿で……

浴衣は着やすく涼しげでえも言われぬ色気があり、着ている人を見るのも自分が着るのも大好きです。高座では着ませんが、夏場、楽屋入りするときに着ることも。

浴衣を着て道中すると、「あら、涼しそうねぇ」とよく声を掛けていただきますが、実際には浴衣の下は……、滝の汗です（笑）。

変化〈其五〉

男装の麗人?!

2018年に女性の古典芸能の演者が、「宝塚みたいに、女性の集客を狙おう！」という意気込みで結成した男装ユニット「輝美男五《きびだんご》」。メンバーは、立川小春志姉さん（落語）、蝶花楼桃花姉さん（落語）、鏡味味千代さん（太神楽）、林家つる子さん（落語）、一龍斎貞鏡（講談）の5人。いよいよ公演当日、幕が開く！ お客席にお集まりいただいたのは見事に！ ……オジサマばかりで（笑）、……ご来場ありがとうございます。

撮影／ヤナガワゴーッ！

撮影／橘 蓮二

変化〈其六〉

博徒の女

女博徒に扮する梶芽衣子さん、江波杏子さん、藤純子さん、そして『極道の妻たち』の岩下志麻さんが堪らなく好きです。

入門前は、内気で人前で喋れない初心《うぶ》な女の子だったわたしが憧れる、スーパーヒロインです。

変化〈其七〉

芸者・貞鏡奴《ていきょうやっこ》

本職の芸者でもいらっしゃる女優・舞踊家の川嶋杏奈さんのご協力で、芸者姿が実現しました。

もしわたしが芸者だったら……、芸をご披露した後は、好きな酒を好きなだけ飲んで、お客と喧嘩して胸ぐら摑んですぐクビになっちゃうんだろうね。

今までの、貞鏡先生の生い立ちから真打昇進までの半生記を綴ってもらいました。この章では、2023年の真打昇進から現在、そして将来のことをインタビュー形式でお送りします。

【第七章】貞鏡半生記　其ノ三　これからのわたし

◉インタビュアー　十郎ザエモン

Q　真打昇進のとき、一番変わられたことは何でしょうか？

そうですね……、2023年の10月に真打昇進をさせていただいたのですが、その5ヵ月前の5月に第4子である三女を出産しました。真打昇進披露宴の準備や、披露興行の準備で一番忙しいときだったのですが、新生児の予防ワクチン接種も何種類もあって、打つ順番を間違えたり、時期を間違えると新生児の命に関わるので、毎日が命懸けのような生活でした。実際に、講談協会会長の宝井琴調先生に、披露目にご出演していただくお電話をしているときも、「先生、今度ご出演していただく16日の番組ですが、四種混合と小児肺炎球菌のワクチンでよろしいですか？」

という感じで支離滅裂。だから、なんとしても、家族で乗り切らないと絶対に出来ない状態だったんです。

第4子の妊娠報告をした折に、

「赤ん坊の世話をしながら真打昇進は絶対に無理だから、どちらかを諦めなさい」

と、言われていたこともあり、昇進の段取りで、何か大きな落ち度があったら、

「ほら見ろ。やっぱり出来なかったじゃないか」

と、言われてしまうので必死でした。

この時期に一番大きく変わったのは、家族の絆です。一気に深まりました。中でも、夫が大きく変わってくれたのだと感じました。

実はね、10月の17日の披露宴の2週間前に、夫と大喧嘩したんですよ。ことの発端は、この日、夫は同窓会に参加して、2次会のお誘いを断って、帰って来てくれたんです。他の皆は、2次会、3次会と飲みに行って、キャバクラ、カラオケとか、ドンチャン騒ぎをしている中、夫だけが1次会で帰って来てくれたんですね。

でも、夫の中でも鬱憤があったんでしょうね。その晩に次女が怪我してしまって、慌てて救急に行く相談をしたら、夫の心の糸が切れちゃって、

「何で俺だけ、こんな目に遭わなくちゃいけないんだよぉ！」

って。そのときはまだ32歳ですから、まだまだ遊びたい盛り。32歳で4児の父なんて、同世代の友達や知り合いでも居ない訳ですよ。わたしは真打昇進披露宴の席次や段取りを決めなくちゃいけない大変忙しい時期で、それまでは子供たちの送り迎えや、披露宴の招待リストの入力も夫に手伝ってもらっていたので、夫も疲れのピークで気持ちもギリギリだった。

凄く頑張ってくれていたので、そのときに気持ちが切れちゃったんでしょうね。そこから、2日間家に帰ってこなくなっちゃった。家出は初めてでした。そのときが一番大変で、次女は怪我して救急に連れて行かなきゃいけないし、他の3人もワァーッと泣いている。わたしも高座を連日いただいている最中だった。身体は産後でボロボロで思うように動かない。夫は行方知れず。

「……ああ、もうダメかも知れない……。ちょっと、真打昇進は、無理かも知れない」

……師匠を亡くしたときと同じぐらいの絶望でした。

結局、夫の2日間の家出は、うちの車で車中泊をしていました。なんだかんだいっても、夫もわたしも気持ちを引きずるほうではないので、「ワッ」と喧嘩して、「ワッ」と気持ちを切り替えるという、

「宵越しの銭は持たねぇ」ならぬ、「宵越しの喧嘩はしねぇ」とばかりにすぐに仲直りしていましたが、このときばかりは完全に気持ちが元に戻るまでは1カ月はかかりましたね。

Q 旦那様と一山越えて、仲は良くなりましたか？

夫との仲も、とても深まりました。

今の時代は、子供たちの前で両親が喧嘩をしたり、声を荒げるだけで虐待になってしまうんですって。長男を生む前に、プレママ教育でそれを聞いてからは、子供たちの前では、夫婦喧嘩の声を聴かせない、バーンと大きな物音を立てないように、気をつけていたんですけれども……、実際は無理です。なので、この一山をきっかけに、

「今、パパとママは喧嘩しているから、ゴメンね。協力してくれる？」

って、子供たちに伝えるようにしてみました。「でも、まだ子供だから意味が分からないだろう」と思っていましたが、実際に伝えてみると、

「じゃぁ、これから皆で一緒にお風呂入ろう」

「僕、1番～！」

「あたち、2ば～ん」

「3ば～ん」

「みんな服脱いで～」

と、長男を筆頭に、伝えれば分かる努力をしてくれるようになりました。

ただ、子供たちの前では、絶対に夫のことを悪く言わないよ

うにしています。実はわたしは、父親がどんなに悪人かというのを、幼い頃から母から聞いて育ちましたので、「父は悪い人間なんだ」と、ずっと思っていました。でも、実際に父に入門し、ここで初めて父としっかり向き合ってみると、悪人とはほど遠く、「こんなに子供みたいな無邪気な父親だったんだ」と、はじめて気づいたんです。自分の子供たちには、悪い先入観を与えたくない。それは絶対にしないようにしながら、

「パパとママは喧嘩しちゃっているから、ママと一緒に寝んねしよう？」

そんな感じで子供たちには伝えるようになりました。それが良いのかどうかは分からないですけれども……、夫との喧嘩中に子供たちが成長してくれてる姿を見て、夫とわたしが一緒に涙を流したこともありました。

実を申しますと、わたしは、故があって実家を頼れない環境にあります。今までもいろいろな方から、

「仕事と子育ての両立が出来るのは、……自分のお母さんに子供を任せられるからなのよ」

って、おっしゃっていただくたびに、わたしは本当のことが言えないので、

「はい、ありがとうございます」

と、流していますが……、実はそうではないんです。実際、

「里帰り出産で助かった」

「出産後に自分の母に手伝いに来てもらった」

「ご飯の用意をしてもらった」

「親に子供を預けてランチに行った」

という友達の話を聞くと、正直、「いいなぁ……」と羨ましく思うこともありますが、でもその反面、たとえ夫と大喧嘩しても、「実家に帰らせていただきます」ということもないし、何かあってもこの家族で解決して乗り越える。そのたびに家族の絆を深めるチャンスだと思うようになりました。

もちろんプロの手、……ベビーシッターや行政の力は大いに借りています。

今は、こういう感じで夫婦間の問題や、子育ての問題を夫と共に考え解決していますが、ここに来るまでは当然一筋縄ではいきませんでした。結婚当初の夫の口癖は、「分かんない。めんどうくさいから、任せるよ」っていう言葉。その言葉が出るたびに、

「『任せるよ』じゃなくて、一緒に考えて」

と、伝えてきました。このことで、何十回も喧嘩してきたんですね。

「わたしはこう思うけど、あなたの意見を聞かせて欲しい。それを踏まえて、『じゃぁ、こうしてみようか？』とか、一緒に考えて欲しい」

と、寄り添って欲しいことを伝えて、段々と「任せる」とは言わなくなってくれ、案を出してくれるようになり、今に至っています。

Q　この夫婦喧嘩が、ご自身の講談に影響を与えましたか？

うーん、あんまり影響を感じないのですが（笑）、「のちのちに夫婦を描く講談に活きてくればいいなぁ」と思いますね。

今、無理に出そうとすると、たぶんいやらしいクサイ芸になってしまうと思うので、年月を重ねて、わたしの一本一本のシワが刻み込まれていくのと同時に、わたしの人生で経験したことが講談の深みとして刻み込まれていかれたら嬉しいです。そうすれば、シワも白髪も意味があることなんです。

Q　真打になってからも、新しい根多を増やされていますか？

そうですね。昇進した翌年の2024年だけでも数えたら、根多おろしを10席勉強しました。能楽堂では『芝居の喧嘩』[*01]と、『二度目の清書』の二席が根多おろしでした。……というのも、「真打になったら、これ演りたい。あれ勉強したい。お稽古つけていただこう」と思っていたら、師匠が急逝してしまって。なので、「勉強したい」と思ったら、すぐに演るようにしています。

いつかと思っていても、いつ、何が起こるか分からない。本当にうちの師匠が旅立ったことで、痛感しました。

Q　九代目一龍斎貞山を襲名することについて、如何お考えですか？

2023年の真打昇進を機に多くの方から、「九代目一龍斎貞山を襲名すべきだ」と、有り難い御意見を頂戴しました。真打昇進も時期がちょうど、師匠の三回忌だったこともあり、「良いタイミングだから……」とおっしゃっていただいたのですが……。わたしの心の中では踏ん切りがつかず、生意気にもご辞退させていただきました。しかし、わたしは師匠の唯一の弟子であるので、いずれは継がせていただくために、現在は『貞山十種』[*02]を勉強する会、『赤穂義士伝』を勉強する会、『軍談・修羅場』を勉強する会。この3本の柱を中心に引き続き勉強している最中です。なので、もう少しご猶予をいただきたいと考えています。

演芸評論家の長井好弘先生がおっしゃってくださったお言葉、「貞山という山は高い」。このお言葉を常に念頭を置いて、勉強中です。

貞山という山は、高い。講談＝一龍斎貞山という時代があった。ミスター講談、ザ・講談という存在の名前を継ぐには、未だ未だ修業が足りない。

Q 20年後ぐらいの襲名でしょうか？

実際、襲名は体力も必要ですので、なるべく早いうちに、20年弱の55歳から60歳ぐらいまでのあいだに貞山を継がせていただく心づもりで、とにかく、「……これで、貞山かい？　低山かい？」と言われないように今は着実に地固めをしないと。ただ、お世話になっている講談の先生方から、

「お前さん、『まだ早いです。』って言っていると、……60歳になっても、70歳になっても、80歳になっても、『まだ早いです』って言って、そのまま死んじゃうよ。じゃぁ、誰が継ぐんだよ？」

「俺が生きている間に貞山を襲名してくれよ」

と、おっしゃっていただくうちに、「失礼ながら、八代目貞山をご存じでいてくださっている方々が御存命のうちに継がせていただくことも、ご恩返しの一つなのかな」と感じるように。

講談界のことを思ったら、もっと早く襲名したほうが良いのか、……でも、……と、まだ気持ちと考えが定まっていません。

早い襲名を憚るにはもう一つ理由があって、……わたしの中では、二世、三世のコンプレックスがあります。自ら選んで進んだ道ですが、

「お嬢ちゃん、……娘だからすぐに襲名出来たんだ」

と。なので、今はいろんな思いを交錯させながら、石橋を叩きながら、着実に地固めをしている最中です。

Q お子さんに将来「講談師になりたい」と言われたときの心構えはありますか？

まだ一番上の子が6歳なので、気が早い心構えだと思いますが、いろんな方から訊ねられることですね。

わたし自身も、父の講談を聴いて惚れこんで入門させてもらった御恩がありますので、もし、自分の子供たちが「講談師になりたい」と言いはじめたら、一概に「ダメだよ」とは言えません。ただ、一つ、わたしの弟子には絶対にしません。わたしが尊敬している講談師に頼んでお許しくださるのなら、その方の弟子にしていただきたい……。

というのは、やっぱりねぇ……、可愛いんですよ、自分の子供は、べらぼうに。叱れる自信がない。生ぬるいとゆくゆく苦労するのは、その子なのでね……。講談師になりたいのなら、自分の人生なんだからなれば良いけど、申し訳ないけど、わたしの弟子にはしないかな。

これは夫も同じ考えで、子供たちの将来に、親のほうからレールを敷くことは絶対にしないと決めています。特に長男は唯一の男子だし、お寺の息子なので、可哀そうなくらいお檀家様や関係者から、

「将来はパパの跡継ぎで、お坊さんになるんでしょう？」

と、言われてしまうんですね。わたしたちはその都度、

「この子の人生なので、この子に決めさせます」

と、笑顔で伝えるようにしています。

Q 他の女性の講談師に弟子入りした方を見てどう思いますか？

う〜ん、基本的にうちの師匠もそうだったんですけれども、わたしはあんまり他人に関心がないんですよね。ハハハ。だって、自分が惚れこんで選んだ道でしょう？　だから他人のわたしが、あれこれ心配したり、とやかく言うものではないですからね。

ただ、わたしは先輩に楯突いても後輩を大事にしたい性なので、もし、女性の講談師に弟子入りした後輩が落ち込んで、「どうしたらいいんですか？」って、単刀直入にそう訊かれたら、「わたしだったら、こうしているよ」って体験談・失敗談を伝えるようにしています。どうするかは自分でしか決められないので、「大変だったね。じゃぁ、飲もう。美味しいものを食べに行こう」と。気分転換して、最終的にその悩みも笑いに変えて、悩みを成仏させられたらいいですが、それ以上の余計なお節介はしたくないと思ってます。

Q　女性の演者が結婚すると離れていくお客様もいらっしゃいますよね？

男性の影があると離れていくお客様は絶対にいらっしゃいます。でも、たとえ、そういうお客様がいらしても全く気にしていません。芸を見に来ていただきたいのであって、男性のお客様にチヤホヤされたくて講談師をしているのではないのでね。娘義太夫［*03］のどうする連［*04］のように、若い演者を追っかけているお客様は、新しい若い娘《こ》が入ると、そっちに軽くスーッと乗り換えます。それはお客様の自由です。貞水先生は、「芸のない芸者の末路は哀れだ」、「芸人は芸だよ」とよくおっしゃっておられました。様々な角度から、講談の裾野を広げるのは大事なことですが、根本にあるのは〝芸〟。芸しか残らないと肝に銘じています。

わたしの師匠は、女性講談師としてわたしを育てていない。「お前は講談師だから……」と、『山崎軍記』から教わりました。女性でもない、男性でもない、いち講談師として育ててくれました。「声が嗄《か》れようが嗄れまいが、講談師の声になればいいんだ」、「派手な着物も着る必要はない」って。だから普段の高座では、お客様が物語を想像していただく際に、想像の邪魔にならない地味めな着物を着るようにしています。基本的には当日、どんな演目根多を高座で申し上げるかは予め決めず、高座に上がって、お客様のご様子を見てから決めるので、どんな話でも邪魔にならないよう無地や江戸小紋などを着ますが、予めテーマを決めた会や、根多出しの会、行事などでは、テーマに合わせた色の着物や根多に合わせた柄の着物など、派手めの着物を着ることもありますがね。

もちろん、様々なお考えの講談師がいらっしゃるから、うちの師匠の教えも確立するのです。どちらが良いとか、悪いかという訳ではなく、その多様性はすべてが正しいのです。その中で「わたしがどうしたいか？」。それは、男も女も関係がない、講談師らしく、心を打つ人情の講談を読みたい、ただそれだけです。

Q 世襲制ではない講談界に於いて、初の三代続いての講談師としての苦労は何でしょうか？

一龍斎貞寿［*05］姉さんが、わたしの真打披露の口上でおっしゃってくださったお言葉がとても心を打ちました。

「この娘《こ》は、貞山先生のお嬢さん、七代目貞山のお孫さんなので、『いいわね、二世、三世は。貞山先生のおかげで、この子は今こんなに仕事があるのね』『天からの授かりもの』って言われてしまうことがいっぱいありました。不器用なこの娘が努力してやったことも、掴んだ仕事も、全部、二世、三世の恩恵と思われて、……そういう彼女の姿を間近で見てきて、私自身も悔しい思いをしてきました。妬み嫉みの的になってしまっていることが、辛かったです。ただ、今日は、この娘の力で、このようにハレの日を迎えられました」

と、おっしゃってくださって、思わず涙が止まりませんでした。

わたしは人一倍不器用で、人と付き合うのも苦手ですが、必死にもがきながら生きてきました。だけど、苦労自慢をするつもりは毛頭ありませんので、「こんなに苦労した」とは、絶対に口が裂けても言いたくない。野暮だし、美しくないから。人に知られたくないと意地を張っていました。

そんなわたしの姿を、見ている人は見てくださっていた。今まで、楽屋でも、飲みにつれていってくださったときも、そんなことは一言も語らなかった貞寿姉さんが、生涯に一度きりの真打昇進の披露口上でおっしゃってくださったのです。……心を打たれました。いつかこのご恩を後輩に返して情けのリレーを繋げるよう、貞寿姉さんのお背中を追わせていただこうと心に決めた瞬間でもありました。

Q 講談界の将来をどうお考えですか？

若手の講談志望者がどんどん増えていますし、本当に前途洋々です。先人たちが400年以上かけて築いてきてくださった講談は、正に宝の山。それを、「近年、講談はこんなに面白いんだ」と起爆剤になってくださったのが神田伯山兄さんであって、兄さんの後に続け、追い越せと、皆で頑張っている状況です。講談会は、昼席でもほとんど満席です。

……個人的な体験ですが、第二子を妊娠しているときに、切迫早産でひと月ほど入院したのですが、胎児の心拍が弱まってしまって、死んじゃうかも知れないとお医者さんから聞かされ、ずっと病室でめそめそ泣いていたんです。コロナが猛威を振るっているときで、患者さんが次々と運び込まれてくる救急車のサイレンを聴きながら、泣いては只、呆然としていました。そんな心が弱ったときに、スッと、耳に心に入ってきたのが、講談でした。笑うのではなく心の奥底がじんわりと温まる講談に救われたのです。

病室ですから勿論イヤホンで聴いていたのですが、色々と聴いていくうちに、七代目貞山の『真景累ヶ淵』［*07］の『宗悦殺し』［*08］がかかり、無心で聴いていたところ、なんと携帯からイヤホンが外れてて、真夜中の病室中に七代目の『宗悦殺し』が響き渡っちゃってました。アッハッハッハ。これは落語の三遊亭圓朝［*09］師匠がお創りになった怪談ですが、講談師も読ませていただいています。これが講談の底力の一つなんです。

講談は、現代的なセンスや解釈を取りいれて時代の先端の笑いを提供する落語からも、『鼓ヶ滝』のような能楽からも、『鉢の木〜佐野源左衛門駆けつけ〜』［*10］のような謡曲［*11］からも、『赤穂義士伝』のように、歌舞伎演目から取り込まれているものも多いのです。

言い換えれば、能楽や謡曲、歌舞伎、落語、浪曲のような古典芸能、話芸の形式のジャンルを問わず、400年以上前から継承されてきた日本人の心を打つ物語を、現代人に通じる日本語表現で現在に蘇らせる、タイムカプセルのような芸能であり、だからこそ講談の底力は計り知れないものがあるのだと、わたしは信じています。

＜注釈＞

『芝居の喧嘩』［＊01］……幡随院長兵衛は江戸の町で評判の頭領、日本の侠客の大元だと言われている。旗本の水野十郎左衛門はしかるべく家柄でありながらお役に付かず、旗本奴として家来と共に江戸市中で狼藉の限りを尽くしていた。その長兵衛の子分たちと水野の一行が芝居小屋で遭遇し喧嘩を始めたのだ。

『貞山十種』［＊02］……「赤穂義士銘々伝　前原伊助」「大岡政談　縛られ地蔵」「左甚五郎　昇天の龍」「赤穂義士外伝　天野屋利兵衛」「赤穂義士外伝　忠僕直助出世の刀鍛冶」「牡丹灯記」「赤穂義士銘々伝　赤垣源蔵　徳利の別れ」「赤穂義士本伝　楠屋勢ぞろい～吉良邸討ち入り」「池田輝政」「団十郎と馬の足」。

娘義太夫［＊03］……女義太夫とも呼び、江戸時代後期から女性の義太夫語りが流行し、明治期になって竹本京枝を始めとする美貌の娘義太夫たちの登場により全盛期を迎えた。

どうする連［＊04］……娘義太夫を追い駆けるファンが急増し、語りの最も良い場面に差し掛かると「どうするどうする」という声をかけるようになり、そういう連中を〝どうする連〟と呼んだ。

一龍斎貞寿姉さん［＊05］……2003年一龍斎貞心に入門し貞寿。2017年真打昇進。講談師としての活動を積極的にブログで発信中。

神田伯山兄さん［＊06］……2007年三代目神田松鯉に入門し松之丞。2012年同名のまま二つ目。2020年真打に昇進し六代目神田伯山を襲名。テレビ、ラジオ等メディア出演も多く絶大な人気を誇る講談師。

『真景累ヶ淵』［＊07］……落語家・初代三遊亭圓朝によって創作された長編怪談噺。すべて語ると15日ほどもかかると言われている。現在は中から代表的な場面を抜き読みの形で演じられる。作風が講談のような佇まいを持っているので多くの講談師が手掛けている。

『宗悦殺し』［＊08］……『真景累ヶ淵』の中でもかなり頻繁に読まれる場面。皆川宗悦という按摩が旗本・深見新左衛門をたずね、貸した金の催促を始める。新左衛門が今はないと言ったが宗悦があまりにしつこいので斬り殺してしまう。

三遊亭圓朝［＊09］……幕末から明治にかけて活躍した落語家。近代落語の祖とも言われ、明治の文豪・二葉亭四迷の言文一致体の表現にも影響を与えたとされている。師匠は二代目の三遊亭圓生だが、圓朝の巧みさに嫉妬した圓生は圓朝の出番前にその予定演目を先に演じてしまうという妨害をした。これに困った圓朝は自ら噺を作ってしまえば邪魔されないだろうと、新作の口演をするようになったとのこと。

『鉢の木～佐野源左衛門駆けつけ～』［＊10］……鎌倉幕府の執権・北条時頼は身分を隠して旅をする。山奥で出会った佐野源左衛門は旅で難儀をしていた時頼のために大事な鉢植えの木を薪として燃やしてもてなした。この逸話の背景を描く演目。

謡曲［＊11］……能における詞の部分のこと。本来は〝謡（うたい）〟のための歌詞に当たるもの。大正から昭和期にかけて〝曲〟をつけて〝謡曲〟と呼びならわすようになった。

【第八章】―特典配信―QRコードで楽しむ貞鏡の高座二席

パンッ（張扇）！　さあさあお待ちかね。
この絵巻の見どころでありますQRコードを使って、
一龍斎貞鏡の高座二席を、御覧いただきます。
一席目は、『貞鏡半生記　其ノ二』でもご紹介したドキュメントホラーDVDの特典映像として
通称・於岩稲荷で特別に収録した『四谷怪談 お岩様誕生』。
まだこの根多を持っていなかった二ツ目時代の貞鏡が、
この収録のために憶えて根多おろしした意欲的な一席。２０１６年５月３日に収録。
もう一席は、落語でもかけられることが多い『西行 鼓ヶ滝』。
能楽の『鼓滝』をもとにしていると伝わるお古い読みものでございますが、
貞鏡は大阪の旭堂南陵先生に生前、お稽古をつけていただいた一席。
２０２４年10月２日に昭島市民会館大ホール（ＦＯＳＴＥＲホール）で読まれた映像の早出しです。

一席目『四谷怪談 お岩様誕生』

◉2016年5月3日　四谷於岩稲荷田宮神社にてCS番組の特典映像として収録

ＣＳ放送エンタメ～テレのホラードキュメント番組『北野誠のおまえら行くな。心霊レジェンドお宅訪問ＳＰ』（２０１６年放送）の収録の東京・四谷の田宮神社（通称・於岩稲荷）の中で一龍斎貞鏡が根多おろしした『四谷怪談 お岩様誕生』。そのＤＶＤ特典映像用のディレクターズカット版を特別にＱＲコードで公開。

―二席目―『西行鼓ヶ滝』

◉2024年10月2日昭島市民会館大ホール（FOSTERホール）にて収録

西武信用金庫主催『年金友の会 お笑い寄席』で読まれた『鼓ヶ滝』。
この日の共演者は、三遊亭好楽師匠と、２０２５年２月に七代目三遊亭円楽を襲名することが発表された三遊亭王楽師匠のお二人。
おめでたい雰囲気の中でゆったりと読まれた親しみやすい講談根多の決定版！